디어 마이 라이카

...Dear.My Laika...

디어
마이 라이카

김연미 장편소설

차례

라이카는 1957년 스푸트니크 2호에 탔던 강아지로, 우주로 나간 최초의 생명체였으나 지구로 돌아오지 못했다. 반면 우주견 벨카는, 1960년 또 다른 우주견 스트렐카와 함께 우주로 나간 후 지구 상공 궤도를 17바퀴 돈 뒤 무사히 지구로 귀환했다.

프롤로그2

한 남자가 절벽 위에서 바다를 내려다보고 있다. 예전이라면 도시의 아름다운 풍경이 펼쳐졌겠지만, 지금 보이는 것은 온통 눈부신 파랑뿐이다. 바다의 파랑과 하늘의 파랑이 아름답게 뒤섞여 어디까지가 바다이고 어디서부터가 하늘인지 알 수 없었다. 도시는 물에 잠겨 있었다. 아니, 이 도시뿐만이 아니다. 지구는 물의 행성이 되었다. 인간들이 불러온 재앙이었다.

어제 아침까지만 해도 그의 곁에는 사랑하는 아내와 아이들이 있었다. 하지만 이제 그는 혼자였다. 새로운 대안 지구로 향하는 마지막 우주선이 떠났기 때문이다. 아시모프. 그 행성은 오래전 유명했던 한 작가의 생일날 발견되었다. 사람들은 그 행성에 그의 이름을 따서 붙여 주었다. 아시모프 행성은 죽어 가는 지구인들의 구원이 될 터였다. 작가 아시모프가 이야기로 많은 이들을 구했던 것처럼.

남자는 어젯밤 이곳에 서서 아시모프 행성으로 향하는 마지막 우주선을 배웅했다. 자신의 선택에 후회는 없었다. 남자에게 집은 오직 여기뿐이었으니까. 떠났지만 돌아왔고, 영원히 머물기로 한 곳이었으니까. 바다에서 불어오는 바람이 남자의 은빛 머리카락을 흔들었다. 남자는 검었던 자신의 머리카락이 수평선에 반사되는 햇살처럼 눈부신 은빛으로 변할 때까지 길고 긴 그 시간 동안 이 절벽을 오르내렸다.

오늘도 남자는 망망한 바다를 바라보고 있다. 젊음과 희망, 기쁨과 슬픔이 모두 가라앉은 바다를… 하지만 아직 남아 있는 것도 있었다. 등대였다. 남자는 등대를 바라보며 중얼거렸다.

"너는 쉼 없는 파도에도 꺾이지 않고 깊은 절망에 잠식되지도 않았구나. 비록 반쯤은 물에 잠겨 버렸지만……."

며칠간 사납게 출렁이던 바다가 오늘따라 고요했다. 하늘과 바다의 경계에서 반짝이는 윤슬이 눈부셨다.

얼마나 시간이 지났을까? 저 멀리서 천둥이 치는 듯한 땅울림이 들려왔다. 남자는 아주 먼 곳에서부터 생겨난 커다란 파도가, 자신을 향해 다가오는 것을 느꼈다. 소리는 점점 가까워졌다. 파도가 가만한 붉은 등대를 삼켰다. 그 모습을 본 남자는 주머니에서 작은 녹음기를 꺼냈다. 그리고 다른 한 손으로는 목에 걸려 있는 프리즘 펜던트를 꼭 쥐었다. 햇살을 받은 프리즘이 남자의 손 안에서 빛났다. 남자는 녹음기에 입술을 가까이 대고 무어라 중얼거렸다. 커다란 파도가 다가오고 있었지만 그는 두렵지 않았다. 오히려 홀가분했다. 그저 오래전부터 예견된 날이 온 것뿐이었다. 언젠가 반드시 올 줄 알았던 그날이……

　녹음기에 대고 이야기하는 목소리가 파도 소리에 묻혀 더 이상 들리지 않았다. 하지만 남자는 멈추지 않고 계속 말을 이어 갔다. 하늘로 치솟은 파도가, 남자가 선 절벽까지 도달했는데도…….

　"벨카. 이게 내 이름이야. 난 여기에 있어요. 당신은 아직 나를 기억하나요?"

　파도 소리가 그의 목소리를 삼켰다. 녹음을 끝낸 남자가 송신 버튼을 누르자 기계음과 함께 '송신이 완료되었습니다.' 라는 메시지가 표시됐다. 기계에서 시선을 뗀 남자는 다시 앞을 봤다.

　파도가 점점 가까워졌다. 점점 더, 가까이.

　쏴아 쏴아…….

　밀려왔다가… 밀려갔다.

　이제 해변에는 아무도 없다.

　아니, 지구에는 아무도 없다.

1장

야사B 행성으로 가는 여정

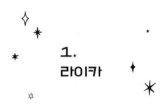

1.
라이카

K박사는 잠든 라이카의 머리맡에 앉아 있었다. 고철 덩어리 로봇의 팔 연결부 나사를 바꿔 끼우기 위해서였다. 전원이 꺼진 로봇은 움직이지 않았다. 녹이 슬어서 뻑뻑해진 나사를 돌려 빼는 일은 여간 어려운 일이 아니었다. 겨우 나사 몇 개를 바꿔 끼운다고 로봇이 제대로 움직여 줄지는 의문이었으나 박사는 멈추지 않았다. 아주 오랜 시간 박사와 라이카를 돌봐 온 기특한 로봇이었으므로 쉽게 포기할 수 없었다. 이럴 줄 알았다면 로봇의 하드웨어를 절대 녹슬지 않는 신소재로 만들었을 텐데. 그러나 어차피다 지난 일이었다. 이 깡통 로봇과 앞으로도 함께하려면 어떻게든 고쳐 내야만 했다. 새 나사들을 만지작거리던 박사는 라이카가 뒤척이는 소리에 고개를 돌렸다. 박사는 세상 속 편한 듯 잠을 자는

라이카의 모습을 바라보며 한숨을 내쉬었다.

"나는 도무지 잠들 수가 없는데, 저 사람은 어떻게 저렇게 규칙적으로 잘 자는 걸까?"

라이카의 숨소리가 점점 가빠졌다. 아무래도 또 꿈을 꾸는 것 같았다. 꿈도 여느 때처럼 규칙적으로 그를 찾아온 게 틀림없었다. 그때 라이카의 눈가에서 무언가가 반짝 빛났다.

"우는 건가?"

녹슨 나사를 겨우 제거한 박사는 조립하려던 로봇의 팔을 급히 내려놓고 태블릿 PC를 가져와 차트를 열었다. 작은 변화라도 세세히 기록하는 것이 그의 원칙이었다.

라이카. 동면에서 깨어난 지 열흘째. 수면 중 눈물. 유의미한 변화.

그가 울고 있었다. 눈물을 흘리다니… 박사는 라이카의 눈가에서 흘러내린 눈물을 천천히 닦았다. 박사의 손에 묻은 눈물이 빛을 받아 반짝였다. 박사는 연결부가 녹이 슨 로봇과 잠든 라이카를 번갈아 보았다. 어딘가 망가진 것들. 저 둘은 대체 어디가 다른 걸까? 어디가 다르기에 하나는 자신이 고장 났다는 사실도 모른 채 계속 임무를 수행하고, 또 다른 하나는 잃어버린 것을 찾기 위해 매일 끊임없이 질문을 하는 걸까? 박사는 무엇이 라이카를 울게 하는 건지 궁금했다. 그의 꿈을 들여다볼 수 있다면 얼마나 좋을까?

*

라이카는 걷고 있었다. 언제부터 걷고 있던 건지는 기억나지 않았다. 그저 아주 오랫동안 걸었다는 것만 알 뿐이었다. 맨발에 밟히는 검붉은 모래의 촉감은 한없이 부드럽고 폭신했다. 한 걸음씩 앞으로 나아갈 때마다 부드러운 모래에서 모락모락 먼지가 일었다. 고개를 들어 하늘을 보자, 푸른 일몰이 펼쳐졌다. 낯설고 아름다운 빛깔의 석양이 붉은 사막에 고요히 내려앉았다.

"여긴 대체 어디지?"

저 멀리 누군가 있었다. 앞서가는 누군가가. 아이인가? 아니, 어른인가? 라이카는 그제야 자신의 발자국 옆에 찍혀 있는, 모래 바람에 반쯤 사라져 버린 앞선 사람의 발자국을 발견했다. 발자국은 자신의 것과 크기가 비슷했다.

그때, 그가 흥얼거리는 노랫소리가 바람을 타고 라이카의 귓가에 닿았다. 소년 같은 목소리. 슬픔을 머금은 듯한 멜로디였다.

"아름다워."

가사가 잘 들리지 않아서 라이카는 멜로디만 허밍으로 따라 불렀다. 음음음…….

허밍을 하자 목걸이에 달린 펜던트가 서서히 빛을 발하기 시작했다. 마치 멜로디에 반응하는 것처럼. 라이카는 이 펜던트가 언제부터 자신의 목에 걸려 있었는지 기억해 내려 애썼지만 도무지 알 수 없었다. 프리즘으로 만들어진 펜던트에 무지개 같은 빛이 어른거렸다. 펜던트를 꼭 쥔 라이카의 손 위로 물방울이 떨어졌다. 라이카는 자신이 울고 있다는 사실을 뒤늦게 깨달았다.

"나는 이 노래를 알아… 알아? 내가… 알고 있다고?"

저 남자는 누굴까. 저 노래는 대체 어디에서 온 걸까? 라이카는 남자를 향해 달리기 시작했다. 그는 무언가 답을 알 것 같아서, 우리가 어디서 만난 적이 있는지 알려 줄 것 같아서. 숨이 찰 때까지 달렸지만 그와의 간격은 도무지 줄어들지 않았다. 조금 가까워졌다 싶으면 멀어졌고, 가까워졌다 싶으면 다시 멀어지기를 반복했다.

라이카는 자리에 풀썩 주저앉았다. 도저히 그에게 닿을 수 없을 것만 같았다. 남자는 여전히 노래를 흥얼거리며 앞으로 나아가다가 어느 순간 시야에서 사라져 버렸다. 하지만 이상하게도 노랫소리는 멀어지지 않았다.

노랫소리가 공기처럼 라이카의 주변을 감싸듯 떠돌았다. 라이카는 그 소리를 잡으려 손을 뻗으며 생각했다.

'나는 저 사람이 그리워. 그런데 대체 누구지? 난 왜 이 노래를 알고 있는 거지? 저 사람은 언제부터 저기에 있었던 걸까? 언제부터 혼자였던 걸까? 혹시 너도 외롭니? 갈 곳을 잃은 별처럼 혼자 울고 있는 거니? 내가 잃어버린 너. 영원히 잃어버린 너…….'

붉은 모래 위로 후두둑 눈물이 떨어졌다. 불어오는 모래바람에 의해 눈물 자국은 금세 지워졌다. 어느새 밤이 찾아왔다. 창백한 별들이 떠올랐다.

*

"또 꿈을 꾸는 것 같더군요."

하얀 가운 차림의 K박사가 라이카를 흔들어 깨웠다. 그는 침대에 멍하게 앉아 있는 라이카를 유심히 바라봤다. 혼란스러운 듯이 주변을 두리번거리는 그를 본 박사는, 열흘 동안 열두 번이나 했던 말을 다시 한번 해 줘야겠다고 생각했다.

"오늘도 그 노랫소리가 들리나요? 하지만 난 노래를 부른 적이 없고, 라디오 같은 것도 켜지 않았습니다."

라이카는 정신이 몽롱하고 몸이 무거웠다. 아직도 꿈을 꾸는 것만 같았다. 노랫소리는 여전히 또렷하게 그의 귓기를 맴돌고 있었다.

며칠 전, 박사는 라이카에게 그 환청은 관자엽 발작에 의한 일시적인 뇌의 문제이며 세포 냉동과 오랜 동면에 의한 부작용이라고 설명했다. 라이카는 그때마다 '발작'이나 '동면' 같은 단어들에 거북함을 느끼며 노랫소리를 떨쳐내고자 귀를 막았다.

　창문 하나 없는 새하얀 벽. 방 한중간에 놓인 간이침대. 출입문이라고는 사다리를 타고 올라야 겨우 열 수 있는, 천장으로 난 동그란 문이 다인 공간. 지금 라이카가 있는 곳은 바로 그런 곳이었다. 뭔가 대단히 잘못된 일을 했거나 겪었기 때문에 이곳에 온 거라 추측했지만 무슨 일이 있었는지는 기억이 나지 않았다. 영화나 드라마에서 봤을 때 이런 구조로 되어 있는 방은 보통 실험실이거나 병원이었다. 아니면 감옥이거나. 라이카가 이곳이 감옥이 아닌 실험실이나 병원이라고 생각한 이유는 바로 K박사 때문이었다. 그는 험상궂게 생기지도 않았고, 푸르스름한 교도관 옷을 입고 감옥 열쇠를 쩔렁거리지도 않았다. 박사는 새하얀 가운을 입고 라이카의 몸 상태를 꼼꼼히 체크했고, 라이카가 잠에서 깰 때마다 두통을 완화시켜 주는 약을 가져다주기도 했다. 그의 정체는 알 수 없지만 적어도 악의가 있는 인물은 아닌 듯했다.

　다시 날카로운 두통이 라이카를 찾아왔다. 주파수를 잘못 맞춘 라디오처럼 노랫소리가 왜곡되어 기괴하게 들렸다. 그러나 양손으로 귀를 막아도 그 소리는 사라지지 않았다.

"선생님, 제발 이 노랫소리가 그만 들리면 좋겠어요!"

박사는 잠시 생각에 잠겼다. 그러고는 침착한 표정으로 열흘 동안 라이카의 상태를 기록한 차트 화면을 넘기며 물었다.

"처음 꿈을 꿨을 때와 지금, 달라진 게 있습니까?"

"글쎄요. 꿈이 반복될수록 점점 선명해지는 느낌이 들고, 노랫소리도 가까워지는 것 같아요."

박사는 차트에서 눈을 뗀 후, 오랜 실험 끝에 드디어 성공적인 결과를 얻은 과학자처럼 말했다.

"그 노랫소리 말입니다. 아마 당신이 아는 목소리일 겁니다."

아는 목소리? 소년 같은 그 목소리의 주인을 라이카가 알고 있을 리 없었다. 알고 있다면 애초에 이런 실험실인지 병원인지에 갇혀 있지도 않았을 테고. 적어도 자기 자신이 누군지도 모르는 상태는 아니어야 했다. 이런 라이카의 마음을 읽은 듯 박사는 말을 이었다.

"관자엽 발작이 일어나 경험적 환각이 나타난 겁니다. 그러니까 당신의 환각은 몽상이나 공상이 아니라, 기억이란 얘깁니다."

"기억이요?"

"한가은 그 일을 경험했을 때의 감정, 즉 그 노랫소리를 들었을 때의 감정이 떠오른 거라고 말할 수 있겠네요."

라이카가 알 수 있는 것은 그 감정이 그리움이라는 것뿐이었다. 정확히 무엇이 그리운 것인지는 알 수 없었다. 그러다 문득 꿈속 풍경을 떠올리고는 이상하다는 표정을 지었다.

"선생님, 경험하지 않은 일도 기억이 될 수 있나요?"

"그럴 수도 있겠지만, 만약 그렇다면 그건 왜곡된 기억이겠죠."

"제 기억도 왜곡된 걸까요? 선생님께서 방금 제 경험에 의한 거라고 말씀하셨는데, 그렇다고 하기엔 노랫소리가 들려오는 꿈속의 그 장소는 아무래도 화성 같아요."

"화성이요?"

"제가 화성에 다녀왔을 확률이 있을까요?"

"글쎄요."

박사는 이해가 되지 않는다는 표정으로 되물었다.

"어떻게 거기가 화성이라고 확신하는 거죠?"

라이카는 눈을 감고 꿈속 풍경을 하나하나 더듬어 펼쳐 놓기 시작했다.

"일몰을 봤는데, 태양이 지구에서 볼 때보다 작았어요. 3분의 2 크기로 보였습니다. 그리고 바람에 날리는 모래가 아주 부드러웠어요. 화성의 모래는 고운 철황산염으로 이루어져 있어서 마찰력이 낮거든요. 일몰은 푸른빛이었고요. 모래 먼지 때문에 붉은빛은 흩뿌려지고 파장이 짧은 푸른빛은 대기를 더 잘 통과하기 때문이죠. 땅은 전체적으로 붉었는데 그건 대지에 산화철이 많이 분포하고 있기 때문일 겁니다."

말을 마친 라이카는 이 모든 정보가 자신의 입에서 나왔다는 사실에 놀랐다. 구태여 생각을 정리하지 않아도 숨 쉬듯 자연스럽게 흘러나온 말들. 이것들은 대체 어떻게 알게 된 걸까?

"아직도 노랫소리가 들립니까?"

라이카는 그제야 그 노랫소리가 자신을 떠났다는 걸 깨달았다.

"조용해졌어요."

"좋습니다. 이런 식으로 계속 소리를 떨치는 연습을 해 보도록 하죠."

박사는 차트에 무언가를 기록한 후 태블릿 PC에 또 다른 명령어를 입력했다. 그러자 천장에 있는 통로가 열리더니 사다리가 내려왔다.

"오늘 상담은 여기까지입니다. 내일 다시 뵙도록 하죠."

사다리를 오르는 박사의 등 뒤로 소중한 것을 잃어버린 아이 같은 라이카의 목소리가 들려왔다.

"선생님, 그 노랫소리가 뭔지 기억해 낸다면 저는 다시 제가 될 수 있을까요? 제가 누군지 알 수 있을까요?"

박사는 사다리를 내려와 다시 라이카 앞에 섰다. 라이카는 늘 서늘하게 보였던 박사의 눈이 처음으로 슬퍼 보인다고 생각했다.

누군가의 비밀을 우연히 알아 버린 사람처럼, 무슨 말을 해야 할지 모르겠어서 라이카는 시선을 피해 버렸다.

"글쎄요. '내가 된다는 것'의 정의가 무엇인지에 따라 다를 겁니다. 내가 된다는 건 과연 뭘까요?"

두 사람은 한동안 말이 없었다. 먼저 침묵을 깬 것은 라이카였다.

"그런데 선생님, 여기엔 왜 선생님과 저밖에 없나요?"

고작 고른 말이 이런 거라니. 라이카는 금방 후회했다.

"다들 다른 방에 계신 거겠죠? 선생님이 제 담당이기 때문에 방문하시는 걸 텐데……."

"다른 환자나 간호사는 없습니다. 이곳엔 나와 당신, 우리 둘뿐입니다."

라이카는 자신의 귀를 의심했다.

"우리 둘뿐…이요?"

박사는 당황하는 라이카를 보고도 차분히 말을 이어 나갔다.

"이제 슬슬 미션에 관해서도 이야기할 때가 된 것 같네요. 곧 목적지에 도착할 테니까요. 우린 중요한 미션을 수행하기 위해 여기에 왔습니다. 대안 지구가 될 새로운 행성을 개척하는 게 우리의 미션입니다."

"미션이요…? 대체 무슨 말씀을…?"

박사가 태블릿 PC에 명령어를 입력하자 둥글고 하얀 방은 금세

암흑으로 뒤덮였다. 잠시 후 벽체가 양옆으로 스르륵 열리더니 창 너머로 무수한 별들이 반짝이는, 신비롭지만 공허한 풍경이 펼쳐졌다.

"이해하기 어렵겠지만……."

"아름다워요."

라이카는 창 너머 어둠을 향해 천천히 손을 뻗었다. 별들을 손으로 어루만지면 쨍그랑 쨍그랑 종소리가 날 것만 같았다.

"모든 건 이 고요한 공허 속에서 태어난 겁니다. 수많은 행성과 항성, 그리고 생명……."

박사는 무언가를 더 설명하려 했지만, 라이카는 여기가 어딘지 이미 알고 있었다.

"우린 지금……."

라이카는 꿈꾸는 듯한 표정으로 답했다.

"우주에 있는 거군요…?"

2.
벨카

그녀는 자신의 아들을 '벨카'라고 불렀다. 번듯한 이름이 따로 있었지만, 벨카는 언제나 스스로 그렇게 불리기를 원했다. 벨카라는 이름은 벨카가 여섯 살이던 여느 여름날에 불쑥 찾아왔다. 이 이름은 유산이 되었다. 떠나 버린 아버지가 아들에게 남긴 유일한 유산. 아이는 벨카라는 이름을 소중히 여겼다.

그녀와 벨카가 사는 그린타운에서의 생활은 혹독했다. 그곳은 더 이상 '그린'도 아니었고 '타운'도 아니었다. 사계절이 있던 시절에 붙여진 이름이 무색할 정도로 지나치게 덥거나 추웠다. 그곳에 살던 대부분의 사람들은 좀 더 기후가 온화한 곳으로 이동했다. 아직 남아 있는 몇 안 되는 사람들은 모이기만 하면 불과 십몇 년 전의 마을에 대해 이야기했다. 아이들은 그 이야기를 들으며 푸르고 아름다웠던 마을을 상상해 볼 뿐이었다.

아홉 살이 된 벨카는 오늘도 시무룩했다. 학교를 가지 못한 지 사흘이나 되었기 때문이다. 학교에 가고 싶다고 떼를 쓰다가도 그녀가 창문을 열어 주면 그 말이 쏙 들어가 버렸다. 열린 창문으로 들어오는 바깥의 열기는 나가서 놀고 싶다는 마음을 앗아갈 정도로 대단했으니까. 그녀는 그런 벨카의 머리를 가만히 쓰다듬었다.

벨카에게 학교는 재미있는 놀이터였다. 그곳에서는 또래 친구들과 마음껏 이야기를 나눌 수 있었다. 신비로운 수식과 변하지 않는 진리가 가득한 네모난 공간은 지금까지 알고 있던 세계보다 훨씬 넓고 경이로웠다. 그런데 오늘도 학교에 갈 수 없다니⋯ 벨카는 아직 6월 초인데도 40도를 훌쩍 넘겨 버린 바깥을 물끄러미 바라보았다. 녹음, 너무나 짙은 녹음. 선명한 여름의 색깔들이 창문 너머로 일렁일렁 움직였다. 이러다가 어느새 갑자기 또 겨울이 올 것이다. 그러면 6개월 동안 녹지 않는 눈이 쌓일 것이다. 여름은 너무 더워서, 겨울은 너무 추워서 집 밖으로 한 발자국도 나가기 힘든 날들이 점점 늘어나고 있었다. 아이들이 학교에 갈 수 있는 날은 1년에 100일이 채 되지 않았다. 벨키는 이런 나날이 일상으로 자리 잡은 지 10년쯤 됐다는 걸 그녀에게 들어서 알고 있었다.

'10년 전만 해도 사계절이란 게 있었단 말이지?'

봄, 여름, 가을, 겨울. 벨카는 봄과 가을이 어떤 빛깔의 계절인지, 이떤 냄새가 나는 계절인지 늘 궁금했다.

벨카는 출근 준비를 하는 그녀를 걱정스럽게 바라봤다. 그녀는 더운 날에도 추운 날에도 일을 쉬는 법이 없었다. 좀 더 쉬엄쉬엄 살 수도 있었지만 그녀는 그러지 않았다. 일을 하지 않으면 아이와의 생활을 꾸려 나가기가 힘들어질 것 같아서. 오직 혼자만의 힘으로 벨카를 키워야 하기 때문에… 이 지구에 벨카와 둘만 남겨진 그날부터 그녀는 이렇게 살기로 결심했다. 이런 그녀의 마음을 아는지 모르는지, 천진한 아이는 출근하는 그녀를 향해 외쳤다.

"동방박사 파이팅! 오늘도 지지 마!"

그녀는 벨카에게 손을 흔들어 주고 초여름의 무더위 속으로 뚜벅뚜벅 걸어 나갔다. 이 삶에서 뒤처지지 않기 위해서. 그리고 후퇴하지 않기 위해서.

*

어느 날 벨카가 그녀에게 물었다.

"엄마는 우주청에서 무슨 일을 해?"

학교도 입학하기 전의 어느 날이었다. 엄마가 하는 일을 궁금해하다니. 그녀는 벨카가 한 뼘 더 자란 것 같아 흐뭇해졌다.

"엄마는, 하늘에 있는 별을 연구해."

벨카는 갸우뚱했다.

"별은 밤에 있는데 엄마는 왜 낮에 일을 해?"

"글쎄……."

"엄마는 별을 보는 사람인데 왜 하늘을 안 보고 컴퓨터만 봐?"

"음… 글쎄……."

언젠가 그녀의 연구실에 놀러 갔던 기억을 떠올린 게 분명했다. 하지만 그녀는 벨카의 질문에 이렇다 할 설명을 해 주지 못했다. 아이의 눈높이에 맞춰 설명하는 일이 그리 쉽지는 않았으니까.

별다른 설명을 해 주지 못한 채 시간이 흘렀다. 크리스마스가 다가와 허리까지 쌓인 눈밭을 헤치고 간신히 교회에 다녀온 벨카는 그녀에게 말했다.

"엄마, 나 엄마 직업이 뭔지 알았어!"

직업이라니… 이런 단어는 또 어디서 배운 걸까?

"엄마 직업이 뭔데?"

아이는 의기양양하게 허리에 손을 얹더니 말했다.

"동방박사!"

그렇게 그녀는 그날부터 벨카의 동방박사가 되었다.

*

혼자 남은 벨카는 현관문을 빼꼼 열고 저만치 떨어져 있는 창고를 보았다. 햇빛을 피해서 늘 같은 길로만 다닌 탓에 벨카가 밟고 다닌 땅에만 풀들이 자라지 않았다. 벨카는 현관을 나와 크게 심호흡을 한 후, 하나 둘 셋을 세고는 5미터 남짓한 거리를 최대한 빠른 속도로 달렸다. 그러고는 창고에 들어가 열려 있던 창문을 재빨리 닫았다. 오래되어 덜덜거리는 에어컨과 선풍기를 켰다. 더위는 점차 물러났고, 창문 너머 파란 하늘에 구름이 지나가는 풍경이 보였다.

벨카는 여름의 빛이 가득 쏟아지는 창에 암막 커튼을 쳤다. 그녀와 벨카는 이 커튼을 '별빛 커튼'이라고 불렀다. 암막이긴 해도 별 모양으로 뚫린 구멍에서 빛이 새어 들어오기 때문이었다. 이 커튼을 칠 때마다 엄마와 함께 가위로 천에 별 모양을 냈던 날이 떠오르고는 했다. 벽을 한낮의 별들로 가득 채운 벨카는 오래된 컴퓨터를 켜고 인터넷에 접속했다. 언제나처럼 '휴마누스 3호 발사'라는 검색어를 입력하고서 가장 위에 있는 영상을 터치했다. 커다란 우주선이 발사되기 전 수증기 구름을 내뿜는 모습이 화면을 가득 채웠다. 벨카는 방송 중계에 귀를 기울였다.

"이제 곧 휴마누스 3호의 긴 여행이 시작됩니다. 휴마누스 1, 2

호의 폭발로 중단될 뻔한 이번 프로젝트는 용기 있는 우주 비행사들의 자원에 의해 재개되었습니다."

영상을 수십 번이나 돌려본 탓에 중계 멘트까지 다 외워 버린 벨카는 아나운서의 목소리에 자신의 목소리를 얹었다.

"휴마누스 3호에 올라탄 우주 비행사들은 우리 태양계를 넘는 최초의 인류가 될 것입니다."

벨카는 중계를 따라 읊으며 테이블 아래에 놓인 상자에서 우주선 장난감을 꺼내고 카운트다운을 기다렸다.

"이 우주선은 하루에 약 500만 킬로미터를, 평균 시속 21만 킬로미터의 속도로 이동합니다. 목적지인 야사B 행성은 대안 지구로 떠오른 행성이며 우리 인류가 개척할 수 있는 희망의 행성으로 평가받고 있습니다."

아나운서의 말이 끝나자 화면에는 '휴마누스 3호 발사 15초 전'이라는 자막이 떠올랐다. 곧 그 자막은 '최종 카운트다운 대기'로 바뀌었다.

10, 9, 8, 7, 6, 5, 4, 3, 2, 1. 엔진 점화! 이륙!

휴마누스 3호와 함께 벨카의 우주선 장난감도 하늘을 향해 날아올랐다. 우주선은 속도를 내며 보조 추진체 분리까지 가뿐하게 마쳤다. 벨카는 신이 나서 외쳤다.

"휴마누스 3호가 지금 막 우주로의 항해를 시작했습니다. 와아!"

방 안은 별이 가득한 우주공간으로 변했다. 벨카의 우주선은 힘차게 앞으로 나아갔다. 테이블이며 선풍기 같은 장애물이 앞을 가로막았지만 그런 건 별로 문제가 되지 않았다. 가뿐하게 뛰어넘고, 피하고, 방향을 바꾸고, 속도를 줄였다 높이며 우주선은 계속 전진했다. 빛나는 유성우와 수많은 행성들을 지나 도착하게 될 곳은 과연 어디일까? 중력을 벗어난 고요 속에서 무엇을 보게 될까? 벨카의 우주선은 끝없는 우주를 계속해서 유영하고 있었다.

컴퓨터 화면 위로 우주선에 올라탄 용감한 우주 비행사들의 사진이 떠올랐다. 그러자 벨카는 우주선 장난감을 내려놓고 재빨리 영상을 멈췄다. 화면에 한 남자의 얼굴이 떠 있었다. 그 아래에는 '미션 스페셜리스트. 미션명 라이카'라는 글자도 보였다. 벨카는 남자를 뚫어져라 바라봤다. 위대한 여행의 일원, 특별한 미션을 수행하는 사람. 지금도 저 광막한 우주 어딘가를 유영하고 있을 사람.

"난 저 사람을 알아."

벨카는 아주 오래전부터 목에 걸고 있었던 프리즘 펜던트를 바라봤다. 햇빛이 없는데도 반짝 빛나는 느낌이 들었다. 이내 펜던트에서 뿜어져 나온 아름답고 고요한 빛이 벨카를 감쌌다. 그러자 화면 속 남자가 싱긋 벨카를 향해 웃음 지었다. 그러곤 마법처럼 손을 내밀었다. 벨카는 아주 오래도록 기다렸던 사람을 만난 것처럼 그의 손을 잡았다.

*

　남자는 벨카의 손을 잡고 시골의 조그만 언덕을 오르고 있었다. 긴 겨울이 오기 직전의 서늘한 밤바람이 불었다. 싱그러운 풀 내음이 풍겼다. 풀잎 위로 바람이 스치면서 사그락사그락 기분 좋은 소리가 들렸지만, 벨카의 기분은 썩 유쾌하지 않았다. 춥고 무서웠다. 숨이 가빴다. 남자는 투덜거리는 벨카를 향해 슬며시 웃음 지었다.

　"다 왔다!"

　어느덧 두 사람은 언덕 꼭대기에 다다랐다. 남자는 벨카의 머리에 묻은 나뭇잎과 도깨비바늘을 다정하게 떼어 주었다. 그 손길이 싫지 않은지 벨카도 남자의 옷자락에 묻은 흙을 털어 주었다.

　"여기까지 오느라 힘들었지? 그런데 말이야. 별의 진실한 모습을 보려면 어둠이 필요하단다."

　남자가 들고 있던 랜턴의 불이 꺼졌다. 두 사람은 온전한 어둠 속에 내던져졌다. 벨카는 남자의 손을 꽉 붙잡았다.

　"무서워……."

　"저기 밤하늘을 봐."

고개를 들자 무수한 별들이 두 사람의 머리 위에서 반짝였다. 몇몇 별들은 호를 그리며 사라지고 있었다. 마치 불꽃놀이처럼.

"별똥별!"

"오리온자리 유성우야."

벨카는 지금까지 본 것들 중에 가장 예쁜 것을 보았다고 생각했다.

"유성우한테 소원을 빌면 다 이루어진대."

남자의 말에 벨카는 마음이 급해졌다. 별똥별은 갑자기 떨어졌고, 너무 빨리 사라졌다. 그때, 또다시 별똥별 하나가 떨어졌다.

"지금이야!"

남자는 벨카의 손을 잡고 두 눈을 꼭 감았다. 벨카도 덩달아 눈을 감았다. 잠시 정적이 흘렀다.

"빌었어?"

먼저 눈을 뜬 벨카가 남자에게 물었다. 남자는 그저 고개를 갸우뚱할 뿐이었다. 벨카는 어른이 그것도 제대로 못 하느냐는 듯이 장난스러운 표정을 지어 보였다.

"나는 빌었는데! 우리 가족이 영원히 함께할 수 있게 해 달라고."

남자는 벨카를 꼭 끌어안았다. 남자는 숨이 막힌다고 투덜대는 벨카의 머리를 쓰다듬었다. 남자의 품에서 벨카는 들릴 듯 말 듯 한 목소리로 또다시 물었다.

"그래서 무슨 소원 빌었는데?"

"비밀."

남자는 벨카를 안은 채 계속해서 떨어지는 별똥별들을 하염없이 바라보았다.

*

"나 숨 막혀!"

벨카가 남자의 품에서 빠져나오려 버둥대며 소리쳤다.

"아, 미안, 미안."

간신히 긴 포옹에서 빠져나온 벨카는 저 멀리 옥상에 접시처럼 생긴 커다란 물체가 있는 건물을 발견했다. 언젠가 동방박사 엄마가 '전파망원경'이라고 했던 기억이 났다.

잔디가 깔린 건물 앞마당에서 강아지 몇 마리가 똑같은 제복을 입은 사람들이 던져 주는 프리스비[1]를 물기 위해 이리저리 뛰어다니고 있었다.

"산책 시간이거든."

남자의 말이 끝나기 무섭게 프리스비를 문 강아지 한 마리가 남

---

1 플라스틱 원반.

자를 향해 달려왔다.

"라이카!"

강아지가 남자 앞에 배를 보이고 눕자 남자는 강아지의 배를 쓰다듬어 주었다. 이곳 우주청에서 키우는 강아지 중에서 벨카가 가장 귀여워하는 강아지였다. 갈색의 부드러운 털을 쓰다듬고 있으면 안 좋았던 기분도 어느새 좋아지곤 했다. 라이카를 쓰다듬고 있는 그때, 못 보던 새끼 강아지 한 마리가 다가왔다.

"얘는 누구야?"

"벨카!"

"벨카? 벨카가 또 있어?"

벨카는 의아하다는 표정을 지었다. 벨카가 알고 있는 벨카는 까만 털을 가진 새끼 강아지인데 지금 이 강아지는 털이 하얀 백구였으니까.

"우주청엔 라이카와 벨카가 엄청 많아. 그래서 라이카 1호, 라이카 2호, 벨카 1호, 벨카 2호, 그렇게들 불러."

"왜 그렇게 똑같은 이름이 많아?"

언젠가 자신의 진짜 이름보다 '벨카'라는 이름이 더 소중해질 거란 걸 아직은 모르는 벨카가 물었다.

"라이카와 벨카라는 이름은 이곳에서 특별한 의미가 있거든."

"특별한 의미?"

"인간보다 먼저 우주로 나간 강아지의 이름이 라이카와 벨카였어. 거기서 따온 거야."

"인간들보다 먼저 우주로 나갔다고? 그럼 강아지 밥은 누가 주고, 산책은 어떻게 해?"

남자는 아무 말 없이 다정한 눈빛으로 아이를 바라봤다. 벨카는 다시 한번 물었다.

"그럼 그 강아지들은 무사히 지구로 돌아왔어?"

남자는 이번에도 말이 없었다. 붉은 저녁놀이 걸려 있는 전파망원경이 소리를 내며 스르르 방향을 바꿨다.

*

그녀는 초여름의 뜨거운 열기와 함께 집으로 돌아왔다. 평소라면 1층 거실에서 레고를 조립하거나 책을 읽고 있을 벨카의 모습이 보이지 않았다. 벨카는 자기 방에도, 안방에도 없었다. 그렇다면 창고에 있는 게 분명했다.

그녀는 마당 한쪽에 있는 창고의 문을 열었다. 작은 책장과 남편이 벽에 붙여 놓은 주기율표가 가장 먼저 눈에 들어왔다. 옆에는 천체망원경이 있었고, 그 옆에는 우주선 장난감을 꼭 껴안고 잠든 벨카가 있었다. 그녀는 켜져 있는 컴퓨터 화면을 보았다. 아이가 잠들기 전까지 보았을 화면에는 '미션 스페셜리스트. 미션명 라이카'의 얼굴이 떠 있었다. 그녀와 어린 아들을 지구에 남겨 둔 채 우주로 떠나 버린 남편의 얼굴이었다.

*

벨카는 아빠가 나오는 꿈을 꾸고 있었다.

"아빠, 아빠 직업은 뭐야?"

"아빠는 직업이 두 개야. 우주청에서 일하는 사람들은 모두 그래. 첫 번째로는 엔지니어."

"엔지니어?"

"망가진 기계를 고치기도 하고, 세상에 필요한 기계들을 만들기도 하는 사람이야."

"우와, 멋지다! 또 하나는 뭔데?"

"화학자."

"화학자? 화학자는 뭐 하는 사람이야?"

남자는 창고 벽면에 붙어 있는 주기율표를 가리키며 말했다.

"음… 화학자는 세상의 모든 것들이 어떤 재료로 만들어졌는지 연구하는 사람이야. 저 주기율표에 있는 원소들이 그 재료야. 엄마가 보는 하늘의 별이 무엇으로 이루어져 있는지도 찾아낼 수 있어.”

“아빠 뭐든지 찾아내는 사람이구나!”

“뭐, 그렇다고 할 수 있지!”

“와, 멋있다! 그럼 아빠는 뭐든 고칠 수 있고 뭐든 찾아낼 수 있
는 사람인 거네?”

“그런 셈이지.”

“그럼 나도 찾아낼 수 있어? 내가 안 보이는 곳에 있어도?”

“그럼!”

남자는 고개를 끄덕이며 말했다.

“내가 아프면 찾아내서 꼭 고쳐 줘야 해.”

남자는 아이를 꼭 끌어안으며 자신이 언제, 어디에 있든지 이
아이를 꼭 찾아내 영원히 지켜 주리라 다짐했다. 아이가 태어나던
날에도 그런 다짐을 했었다. 부모란 그런 존재였으니까.

3.
라이카

라이카는 이제 걷는 것에 익숙해졌다. 너무나 당연했던 것들을 하나씩 다시 배워 가는 일은 생각보다 더 노력이 필요한 일이었다.

오늘부터는 달리기도 조금씩 시작했다. 처음에는 무리인가 싶었지만 점점 속도가 붙었다.

'아, 몸이 기억하는구나. 이 감각을, 이 움직임을⋯⋯.'

눈을 감았다. 어디로 가고 있는지는 금세 잊어버렸다. 따뜻한 바람이 코끝을 스쳤다. 라이카는 이 바람을 알고 있었다. 주말의 한낮. 시간 가는 게 아쉬웠던, 여유롭고 노곤한 시간대의 바람이었다.

강가를 달리던 라이카는, 반짝이는 강물과 그 위를 떠다니는 푸른 수초, 그리고 봄날의 연둣빛 수양버들이 살랑살랑 바람에 흔들리는 모습을 보았다. 계속 앞으로 나아가던 라이카는 길가에 가득 핀 클로버를 보고서 걸음을 멈췄다.

'행운을 가져다준다는 네잎클로버도 있을까?'

네잎클로버를 찾기 위해 허리를 숙인 라이카는, 문득 자신에게 행운을 선물하고 싶은 누군가가 있다는 걸 깨달았다. 그러나 거기까지였다. 그게 누구인지는 여전히 떠오르지 않았다.

그때 먼 곳에서 '펑'하는 소리와 함께 섬광이 터졌다. 뜨거운 열기가 밀려오자 발아래의 클로버와 강가의 수양버들이 순식간에 생기를 잃고 시들어 갔다. 어느새 강물은 바싹 말라서 멀건 밑바닥을 드러내고 있었다.

'이게… 이게 무슨 일이지…….'

주변을 둘러보았다. 모든 것이 폐허가 되어 있었다. 이제 살아 있는 것은 아무것도 없었다. 이 폐허에서 도망쳐야 한다. 눈을 떠야 한다. 이 끔찍한 환상에서 어서 벗어나야 한다.

러닝머신이 멈췄다. 라이카는 숨을 몰아쉬었다.

"오늘은 이쯤에서 끝내도록 하죠."

K박사는 라이카가 달린 거리를 기록했다. 이제 리이가는 3킬로미터 정도는 거뜬하게 뛸 수 있었다.

"무리하지 않는 게 좋아요. 차차 운동량을 늘려 보도록 하죠."

강가의 수양버들과 클로버가 아름다운 봄이었는데… 라이카는 자꾸만 그 풍경을 되짚었다. 그 모든 것들이 이제 그곳에 없다는 사실도 다시 한번 되새겼다. 그것이 진실이라면 받아들여야 할 일이었다.

*

"이 미션의 목적은 인간이 초래한 재난을 극복하는 것입니다."

라이카는 스크린 속 지구의 모습에 정신이 아득해졌다.

"우리가 떠나올 때 지구는 심각한 환경적 재난에 처해 있었습니다. 봄과 가을이 사라진 지는 이미 오래됐다는 걸 당신도 잘 알고 있을 겁니다."

메마른 강, 쩍쩍 갈라진 땅, 우레와 같은 소리를 내며 무너져 내리는 빙하, 멈추지 않는 여름비, 토네이도와 쓰나미, 수많은 기후 난민들이 이제 얼마 남지 않은 거주 가능 지역으로 이동하는 모습들. 라이카는 과거 자신이 이러한 뉴스를 수없이 봐 왔다는 사실을 기억해 냈다.

"모든 것을 녹일 만큼 뜨거운 여름이 지나면 순식간에 매서운 한파와 폭설이 찾아오는 겨울이 되길 반복했습니다."

라이카는 K박사의 말을 듣고서 천천히 응답했다.

"맞아요. 그랬어요. 그리고 무엇보다 심각한 건… 기후 변화에 따른 해수면 상승 문제였죠. 수많은 생명이 죽어 가고 있었어요."

라이카는 악몽을 꾸는 듯한 표정으로 말했다. 그 모습을 본 박사가 고개를 끄덕였다. 그러고는 차트에 '순조롭게 회복 중'이라고 적더니 다시 입을 뗐다.

"그렇습니다. 물에 잠기기도 하고 메마르기도 하며 지구는 조용히 죽어 갔죠. 지구는 사람이 살 수 없는 행성이 되어 가고 있다는 걸 모두가 알고 있었습니다."

"우리는 마지막 선택을 할 수밖에 없었어……."

라이카는 자신이 이 우주선에 타고 있는 이유를 드디어 알아낸 것 같았다. 박사가 재빨리 다음 질문을 던졌다.

"그래서 우리의 미션이 뭐죠?"

라이카는 절망적인 얼굴로 박사를 바라보며 대답했다.

"새로운 행성을 찾는 것."

"맞아요, 좋습니다."

라이카는 무언가를 기억해 냈다는 기쁨과 지구의 끔찍한 모습이 떠올랐다는 괴로움을 동시에 맛본 탓에 많이 혼란스러운 것 같았다. 박사는 곧 스크린의 화면을 바꿨다. 그러자 로켓 모양과 예스러운 문장紋章이 합쳐진 거대한 엠블럼이 떠올랐다.

"이번 여행은 아주 위대한 여행이며 우리의 미션은 아주 특별합니다. 우리는 인류 역사의 새로운 페이지를 써 내려갈 사람들로 선택받았죠. '휴마누스 프로젝트', 이게 우리 미션의 이름입니다."

"휴마누스 프로젝트?"

박사의 말을 들으며 거대한 엠블럼을 본 라이카는 알 수 없는 섬뜩함을 느꼈다. 이제는 전부 사라졌을지도 모를 지구의 생명들 때문이었을까? 아니면 이 미션에 참여했다는, 잃어버린 자신과의 거리감 때문이었을까? 라이카는 왠지 서글퍼졌다.

*

오후가 되자 K박사가 작은 나무 상자를 안고 들어왔다.

"그게 뭡니까?"

상자는 고풍스러워 보였다. 그러면서도 죽어 버린 물건들의 관처럼 기이한 고요가 스민 느낌을 주었다.

박사는 라이카 앞에 상자를 내려놓았다.

"글쎄요. 이 안에 든 게 뭔지 당신은 알고 있을 겁니다."

상자를 어루만지며 라이카는 언젠가 이런 상자를 땅에 묻었던 기억을 찾아냈다. 구슬과 신기하게 생긴 돌, 푸른색 물감으로 칠한 목각 인형 같은 것들을 가득 담은 뒤 아주 나중에 다시 열어 볼 생각으로 묻었던 타임캡슐. 그랬다. 상자는 오랜 시간을 건너 이제는 어른이 된 아이를 만나러 온 그 타임캡슐을 떠올리게 했다.

"지구로부터의 1.5킬로그램. 당신이 가지고 온 물건입니다."

"내가 가지고 온…?"

"1.5킬로그램이라는 제한이 있었죠. 꽤 고풍스러워 보이지만 이 상자에는 홍채 인식 시스템이 탑재되어 있습니다. 오직 당신만이 이 상자를 열 수 있다는 이야기죠."

박사는 상자의 왼쪽 상단에 파란불이 반짝이는 기계장치를 가리켰다. 라이카는 그것을 보며 눈을 한 번 깜빡였다. 그러자 딸깍 소리를 내며 상자의 뚜껑이 열렸다.

"흠……."

상자 속 물건을 확인한 박사는 고개를 갸우뚱했다. 전혀 예상하지 못했던 물건들이 들어 있었기 때문이다. 어리둥절하기론 라이카 역시 마찬가지였다.

"액자?"

"여기에 사진이 들어 있었던 것 같은데 빛이 바래서 알아볼 수가 없네요. 그리고 이건."

박사는 상자 속에서 책 한 권을 들어 올리며 말을 이었다.

"셰익스피어 소네트집? 시집을 가지고 왔다고요?"

라이카는 도무지 이해가 안 된다는 표정을 짓는 박사에게서 소네트집을 건네받아 귀퉁이가 접혀 있는 페이지를 펼쳐 읽기 시작했다.

"죽음처럼 젊음의 재 위에 누운 희미한 불빛의 가물거림.

당신이 이것을 알아차리면 그 사랑이 더 깊어져

머지않아 잃어버릴 수밖에 없는 그것을 더 잘 사랑하리."[2]

문장들이 따뜻했다. 촛불처럼, 빛처럼. 편안하고 아늑한 느낌이었다. 책장을 넘기던 라이카는 어떤 구절에서 손을 멈췄다.

"그대가 없다면 나는 이 넓은 우주를 공허라 부르리.

사랑하는 이여, 당신은 내 세상의 전부요……."[3]

"이런 걸 왜 가지고 왔을까요?"

박사가 물었다. 라이카는 모든 걸 납득한 표정으로 대답했다.

"아름다우니까요."

"아름답다…?"

박사는 소네트집을 읽는 라이카를 바라보다 상자 안에 들어 있는 마지막 물건을 꺼냈다. 프리즘 펜던트였다. 꿈속에서 라이카가 목에 걸고 있던, 바로 그 물건이었다.

박사가 밝은 쪽으로 프리즘을 가져다 대자 프리즘을 통과한 빛

---

2 셰익스피어 소네트 73번 중에서.
3 셰익스피어 소네트 109번 중에서.

이 아름다운 스펙트럼을 만들었다. 박사는 드디어 쓸모 있는 물건을 발견해서 들뜬 것처럼 보였다.

"제가 보기에 정말 아름다운 물건은 이 프리즘입니다. 프리즘으로 별의 성분을 밝혀냈으니까요. 별은 대부분 수소와 헬륨으로 이루어져 있고, 그 외의 물질들도 존재하는데…….""

"우린 그걸 메탈이라고 부릅니다."

라이카가 무의식적으로 박사의 말을 이었다. 박사는 프리즘을 통해 라이카를 바라봤다. 빛의 굴절을 따라 라이카의 표정도 어딘가 왜곡된 것처럼 보였다.

"천문학에서 메탈, 즉 금속이라고 하는 것들은?"

라이카는 홀린 듯이 프리즘을 보며 대답했다.

"수소와 헬륨을 제외한 붕소, 탄소, 질소, 산소 등을 말합니다."

라이카는 자신 안에 있는 다른 누군가가 답하는 것 같다고 생각했다. 박사는 들고 있던 프리즘 펜던트를 라이카의 목에 걸어 주며 말했다.

"여러 정황들을 살펴봤을 때 당신이 연구하던 분야의 지식은 잘 보존되어 있는 듯하네요."

"제가… 물질에 대해 연구했습니까?"

"보통 사람들이 물질이나 원수에 대해 당신처럼 말하진 않죠. 우주 토양을 연구하는 것도 당신의 미션에 포함되어 있습니다."

우주 토양 연구라… 충분히 납득이 가는 대답이었다. 기억은 지금처럼 조금씩 자신에게 돌아올 터였다.

"선생님, 여기가 우주고 우리가 우주선을 타고 있는 거라면 저는 어떻게 바닥을 딛고 서 있는 겁니까?"

박사는 명쾌하게 대답했다.

"중력 조정 장치가 작동하고 있기 때문입니다."

"중력 조정 장치요? 정말 그런 기술이 존재하는군요!"

"당신은 이 우주선의 추진체도 설계했습니다. 우주선의 심장을 만드는 일이죠."

"제가 엔지니어를 겸했다는 말씀이신가요?"

"당신은 로켓 추진체와 위성을 설계하고 컨트롤하는 일을 맡고 있었습니다. 유능한 엔지니어라고 생각했는데, 주 연구 분야는 화학이어서 조금 놀랐습니다. 오히려 잘된 일이다 싶었죠. 탑승 인원이 제한된 미션에서는 다양한 전문 지식을 가진 사람이 필요하니까요. 꼭 이번 미션을 위해 준비된 사람 같았습니다. 자, 여길 보십시오. 이 우주선의 설계도입니다."

복잡한 설계도가 허공에 떠올랐다. 그 순간 라이카는 날카로운 두통을 느꼈다. 머리를 감싸 쥐었지만 두통은 쉽사리 진정되지 않았다.

"두통은 기억을 되찾는 과정에서 흔히 동반되는 증상이니 걱정할 필요 없습니다. 이제부터 생존에 필요한 기억들은 차차 회복될 겁니다."

박사는 라이카를 부축하며 엄한 목소리로 지시했다.

"똑바로, 자세히 보세요."

초점이 맞지 않는 눈으로 설계도를 보고 있자니 그 안으로 빨려 들어갈 것만 같았다. 하지만 이상하게도 눈을 뗄 수 없었다. 라이카는 기억을 더듬어 봤다.

"통제실… 실험실… 연료탱크……."

하나씩 떠오르는 기억을 잡으려는 듯, 라이카는 손을 허우적거리며 설계도 쪽으로 가까이 다가갔다. 박사는 라이카가 어떤 기억을 선택하고 또 어떤 기억을 버리게 될지 몹시 궁금했다.

"스핀 드라이브가 어디 있는지 알겠습니까?"

"추진 시스템을 말하는 거라면 여기 연료탱크 아래에 있을 겁니다."

설계도의 한 부분을 가리키며 라이카가 대답했다.

"계속하도록 하죠. 연료의 보존과 생성 방법에 대해서도 한번 설명해 보세요."

라이카는 박사의 물음에 막힘없이 답했다. 어느새 두통도 멎은 것 같았다. 이번에는 조종실로 이동했다. 주어진 좌표에 해딩하는 우주 풍경을 스크린에 띄워 보라는 박사의 말에, 라이카는 수많은 터치 버튼들을 자연스럽게 조작했다. 모든 것들이 한 치의 오차도 없이 라이카의 의도대로 이루어졌다.

"이런 걸 '암묵 기억'이라고 합니다. 머리가 의식하지 않아도 몸이 기억하는 거죠. 어렸을 때 자전거를 탔던 사람이 오랜 시간 타지 않아도 자전거 타는 법을 잊지 않는 것과 비슷합니다."

라이카는 희망을 품기로 했다. 기억이 잠들어 있는 것뿐이라면 곧 깨어나 자신이 누구인지 알려 줄 것 같았기 때문이다.

며칠 전 보았던 아름다운 우주 풍경이 조종실 스크린 위에 다시 한번 펼쳐졌다. 라이카는 별처럼 반짝이는 터치 버튼들을 이것저것 만져 보았다. 가끔 경고등이 뜨기도 했지만 이 모든 상황을 수습하고 컨트롤하는 일은 어렵지 않았다. 점점 자신이 이 우주선에 대해 속속들이 알고 있다는 확신이 들었다.

박사는 호기심에 가득 찬 아이처럼 조종실을 누비는 라이카를 보며 중얼거렸다.

"그래. 계속 기억을 더듬어 봐. 기억에 대한 비밀을 알게 된다면, 나도 내가 누군지 알 수 있을 테니까."

박사는 고개를 돌려 조종실 벽에 비친 자신의 모습을 보았다. 아무것도 선택할 수 없었던 한 사람이 그곳에 서 있었다. 어떤 것도 선택할 수 없는 인생도 있다. 생각이 거기까지 미치자 박사는 자신이 이곳에 온 것이 자의였는지 타의였는지도 알 수 없다는 생각이 들었다.

"이 버튼은 기억에 없는데, 이건 뭐죠?"

버튼은 투명한 아크릴 덮개로 보호되어 있었다. 라이카는 버튼 덮개를 기세 좋게 열었다. 그러고는 지금껏 이 조종실의 온갖 버튼을 조작했던 것처럼 자연스럽게 손을 뻗었다. 그 모습을 본 박사는 아연실색하며 소리쳤다.

"안 돼! 그건 만약의 사태를 대비하기 위한 장치란 말입니다!"

"만약이요?"

"그걸 누르면 우린 폭발해서 다 함께 우주의 먼지가 될 거라고요!"

하지만 이미 버튼을 누른 후였다. 우주선의 장치들이 하나둘 멈추는 소리가 불길하게 들려왔다. 박사는 라이카를 옆으로 밀쳐 내고 시스템 제어 장치를 조작했다. 옆에서 고개를 조아리며 "죄송합니다." 하고 외치는 라이카 따위는 신경 쓸 겨를이 없었다. 조작 끝에 우주선은 간신히 모든 기능을 회복했고 천장의 등도 다시 들어왔다.

"선생님도 여기 있는 것들을 다 다룰 줄 아시네요."

"그래야 이 우주선에 탈 자격이 주어지니까요!"

자신이 무슨 일을 저질렀는지 잘 모르겠다는 라이카의 표정을 보자 박사는 화가 치밀어 오르는지 언성을 높였다.

"제가 실패했다면 어쩔 뻔했습니까?"

라이카는 동요하지 않고 싱긋 웃어 보였다.

"그럼 제가 어떻게든 제어하지 않았을까요?"

라이카가 농담하듯이 말했지만 박사는 대답하지 않았다. 두 사람 사이에 어색한 침묵이 흘렀다. 라이카가 박사의 표정을 살피며 물었다.

"선생님은 무슨 일로 우주에 오신 거죠?"

박사는 아직 화가 풀리지 않았는지 무표정한 얼굴로 대답했다.

"전 파일럿입니다. 이 미션에 선발되기 위해 고된 훈련을 했어요. 원래 전공은 의학이고요. 신경학 전문의였죠."

"신경학… 아, 신경학이 우주에서 왜 필요한 거죠?"

라이카의 질문을 들은 박사는 왠지 모를 모욕감을 느꼈다.

"아, 그럼 선생님이 아니라 박사님이라고 불러야 할까요? 생각보다 더 대단한 분인 것 같아서……."

"마음대로 하십시오."

"그럼, 박사님! 제가 또 궁금한 게……."

박사는 이제 질문이라면 지긋지긋하다는 듯이 라이카에게 말했다.

"그런 건 다른 사람한테 물어보세요."

"다른 사람이요? 박사님께서 이 우주선에는 우리 둘뿐이라고 하셨잖아요. 또 누가…?"

박사는 라이카의 질문이 끝나기 전에 이미 조종실을 빠져나가고 있었다. 라이카는 홀로 남아 박사의 말이 무슨 뜻일지 생각했다.

*

라이카는 자기 앞에 있는 깡통 로봇을 유심히 살펴보고 있었다.

"그러니까 네 이름은…….""

"닉. 이 우주선에 탑승한 미션 로봇."

"과학이 꽤나 발달했다고 들었는데 넌 왜 이 모양이니? 생각보다 구식이네."

"내가 이렇게 생긴 건 박사님의 선택이었어. 이 프로젝트를 준비할 때 레트로가 유행이었대. 로봇은 로봇답게 귀여운 게 중요하댔어."

"흠, 그러니까 하드웨어는 구식이어도 소프트웨어는 최신형 인공지능이란 거군!"

닉이 삐거덕거리며 고개를 끄덕였다. 마치 깡통 로봇과 함께 은하 철도에 올라탄 지브리 애니메이션의 주인공이 된 듯한 기분이 들었다.

"닉 우주선에서 너희 인간이 하지 않는 모든 일을 해."

"모든 일? 그럼 내 질문에도 답해 줄 수 있어?"

"그럼!"

"선생님, 아니, 박사님 말이야. 진짜 이름이 뭐야?"

"우린 여기서 서로를 미션명으로 불러. 이름 같은 기본적인 정보 역시 공개되어 있지 않지. 이름이란 게 사소한 정보 같아도 서로를 알고 관계를 쌓는데 꽤 중요하대. 항공우주국은 미션을 수행할 때 동료간 사적인 감정을 쌓지 않는 걸 원칙으로 하거든."

"뭔가 좀 서운한걸."

"우주선 탑승자 명단에 박사님의 이름은 언노운(Unknown)이라고 적혀 있어. '무명'이라는 말이지. 그래도 '무명'이라고 부르긴 뭐하니까 항공우주국 사람들이 마음에 드는 알파벳을 붙여서 K박사라고 부른 것 같아. 그게 미션명이 된 거지."

"심오하네."

라이카는 닉의 말을 반쯤 알아듣지 못한 상태로 중얼거렸다.

"네 부탁을 들어줬으니 너도 내 부탁 하나만 들어줘. 내가 스스로 할 수 없는 일이 딱 하나 있거든."

"좋아. 뭘 해 주면 될까?"

닉은 삐그덕거리는 팔을 들어 네 개 밖에 없는 손가락을 간신히 폈다. 그러더니 구석에 놓여 있는 큼직한 은빛 상자를 가리켰다.

"저 상자를 열어 봐."

상자 안에는 온갖 브랜드의 기름통들이 빼곡했다. 라이카는 그 중에 가장 비싸 보이는 기름통을 들어 올렸다.

"이게 다 뭐야? 우리 우주선 추진체에 이런 비효율적인 연료는 필요 없는데?"

고개를 갸웃하는 라이카에게 닉이 말했다.

"그건 내 거야. 내 몸에 기름칠 좀 해 줘. 자유롭게 움직일 수 없어서 너무 답답하단 말이야."

라이카는 작은 붓으로 닉의 몸 마디마디에 정성스럽게 기름칠을 해 주며 말했다.

"너 정말 구식이구나?"

"하아, 이제 살 것 같아."

닉이 시원하다는 듯 기지개를 켰다. 라이카는 표정 없는 K박사 외에 다른 말동무가 생긴 것이 내심 기뻤다. 비록 그게 인공지능 깡통 로봇, 닉이라고 할지라도.

"앞으로 잘 지내보자."

닉의 가슴께를 톡톡 두드리자 텅 비어 있는지 맑은 소리가 났다.

"너희들이 잠들어 있는 동안 녹이 스는 바람에 제대로 움직일 수는 없었지만 말이야, 난 계속 보고 있었어. 아주 오랫동안 저 창밖을 보고 있었지. 우주에도 계절이 있다면 지금은 황량한 겨울일 거야. 우리는 얼음과 눈꽃으로 만들어진, 끝을 알 수 없는 기나긴 밤을 지나고 있는 셈이지."

닉이 라이카를 올려보았다. 이 깡통 로봇한테 셰익스피어 소네트를 읽어 주면 기뻐할지도 모르겠다는 생각을 하자 웃음이 났다.

'넌 내가 누구인지도 대답해 줄 수 있을까?'

4.
벨카

그해 겨울은 손에 꼽힐 정도로 추웠다. 12월이 되자 사람들은 하나둘씩 집 밖으로 나오지 않게 되었다. 눈이 시도 때도 없이 내린 탓에 길이 묻혀서 삽으로 굴을 파고 이동해야 할 정도였으니까.

그녀가 창밖을 내다보며 한숨을 쉬었다. 그러자 그 소리를 들은 벨카가 다급하게 외쳤다.

"엄마! 오늘은 온열 전선 켜지 마."

집의 지붕과 외벽에 설치된 온열 전선을 켜면 집 주변에 쌓인 눈이 순식간에 녹아내렸다. 적어도 2-3일에 한 번은 눈을 녹여줘야 얼음집이 되는 걸 막을 수 있었다.

"친구랑 얼음굴 중간에서 만나기로 했단 말이야."

눈썰매나 스키 등의 놀이는 11월까지나 가능했지, 12월이 되면 폭설에 파묻혀 아무것도 할 수 없었다. 길고 지겨운 겨울을 버티기 위해 아이들이 생각해 낸 놀이가 바로 '얼음굴 중간에서의 접선'이었다.

"어제는 친구랑 얼음굴에서 엄마가 좋아하는 시를 읽었어."

"어떤 시를 읽었는데?"

"그대가 없다면 나는 이 넓은 우주를 공허라 부르리.

사랑하는 이여, 당신은 내 세상의 전부요."

그녀는 독백을 하는 연극배우처럼 무릎까지 꿇으며 정성스럽게 소네트 구절을 읊는 벨카를 꼭 끌어안았다.

"그 구절은 엄마가 아니라 아빠가 좋아하던 거야. 아빠가 청혼할 때 벨카처럼 무릎을 꿇고 낭송해 줬거든."

"엄마, 이 시는 참 예뻐. 꼭 엄마처럼 아름다워."

그녀는 아이의 머리칼을 쓰다듬으며 그때 남편이 선물했던 셰익스피어 소네트집이 어디에 있는지 기억을 더듬어 보았다. 요 몇 년간 남편이 떠난 자리를 보는 게 두려워 그의 물건들에는 손도 대지 않고 있었지만, 오늘은 오랜만에 그 책의 냄새를 맡고 싶었다.

벨카는 마치 비밀 임무를 수행하러 떠나는 요원처럼 비장하게 시계를 올려다보았다. 그러고는 오른손을 이마에 붙이며 경례 포즈를 했다.

"다녀오겠습니다. 보스."

"무사히 다녀오십시오. 요원."

그녀 역시 똑같이 경례한 후 목도리와 장갑, 앙고라 귀마개로 무장시키고 현관문을 열어 주었다. 요원은 손전등을 비추며 옆집과 이어져 있는 얼음굴 속으로 사라졌다.

*

그녀는 4년 전 돌아올 수 없는 여행을 떠난 남편의 창고 앞에서 있었다. 그날 이후 이 문을 여는 게 늘 두려웠다. 아무도 없다는 걸 확인하는 순간 정말로 남편이 떠났다는 걸 인정하게 될 것 같았기 때문이었다. 하지만 오늘은 남편과의 추억이 깃든 셰익스피어 소네트집을 다시 한번 보고 싶어졌다. 벨카가 읊어준 소네트 덕분이었다.

창고의 문을 열자 바닥에 흩어져 있는 벨카의 우주선 장난감과 레고 조각들이 보였다. 아이는 이곳에서 홀로 슬픔을 마주하고 있는데 자신은 그렇지 못했다는 생각이 밀려왔다. 어른은 아이가 지닌 앞으로 나아가려는 힘을 결코 이길 수 없다고, 그녀는 생각했다. 벨카의 이 눈부신 생명력을 누가 앞지를 수 있을까. 벨카는 어느새 모든 것을 받아들이고 '잘 살아가기'를 선택했는데 그녀는

아직도 과거와 미래를 왔다 갔다 하며 갈팡질팡하고 있었다. 그녀
는 자신이 그 어느 시간에도 제대로 속해 있지 않다고 생각했다.

휴마누스 프로젝트. 이 프로젝트는 대안 지구를 찾기 위해 지구
와 닮은 야사B 행성을 탐사하는 장기 미션이었다. 하지만 휴마누
스 1호는 발사하자마자 폭발해 버렸고, 휴마누스 2호도 화성 부
근에서 폭발한 것으로 확인됐다. 그 여파로 휴마누스 프로젝트는
한동안 중단되었다.

그러나 해수면이 급속도로 상승해 인류의 생존을 위협하자 결
국 프로젝트는 다시 재개되었다. 세 번째 휴마누스 프로젝트였다.

지구연합 항공우주국에서는 휴마누스 3호에 탑승할 우주인을
전세계적으로 모집했다. 선발된 우주인들은 훈련을 마친 뒤 대안
지구인 야사B 행성으로 향할 계획이었다. 무려 200년에 걸친 긴
프로젝트였기에, 그 시간 동안 우주인들은 우주선 안에서 세포를
냉동시키고 긴 동면에 들 예정이었다.

대안 지구를 찾는 미션은 사람들을 들뜨게 하기에 충분했다. 그
여정에 오른 우주인들이 다시 지구로 돌아올 수 없으리란 걸 알고
있었지만 그래도 사람들은 열광했다. 전세계에 있는 수많은 젊은
과학자들이 자원했다. 그들은 영화 속 히어로처럼 칭송받았다. 많
은 사람들이 그들의 숭고한 선택에 가슴이 벅차기도 했다. 그녀도

그랬다. 이 프로젝트에 남편이 발탁되기 전까지는.

"내가 휴마누스 프로젝트에 참여해야 한다면 당신은 어떨 것 같아?"

어느 날 남자가 물었다. 그녀는 우주청에 근무하는 사람이라면 누구든 해 볼 법한 생각이라 여기고 미소 지으며 대답했다.

"기다려야지. 당신이 돌아올 때까지."

*

그날 이후 남자는 조금씩 변해 갔다. 가족과 함께 밥을 먹거나 아이와 놀아 주는 시간이 줄었다. 늦은 시간까지 우주청에서 돌아오지 않고, 돌아오면 곧바로 곯아떨어지는 날이 늘어났다. 남자는 어느 날부터 마당에 방치된 창고에 들락거리더니 그곳에 작은 연구실을 마련했다. 다락방에 있던 천체망원경과 컴퓨터를 옮겨놓고 쉬는 날마다 그곳에 틀어박혔다. 그녀가 창문으로 안을 들여다보니 컴퓨터와 천체망원경만 있었던 공간 벽면에 아이를 위한 주기율표와 낯선 포스터 한 장이 함께 붙어 있는 것이 보였다. 우주청에서 배포한, 휴마누스 3호 우주인 모집 공고 포스터였다.

그렇게 3년의 시간이 지난 어느 날, 남자는 말했다.

"선발됐어, 휴마누스 3호 프로젝트에! 내가 우주선을 타게 됐어!"

그녀는 그제야, 남자가 자신만의 아지트에 틀어박혔을 때부터 이미 조금씩 지구를 떠날 준비를 하고 있었다는 걸 깨달았다.

*

그녀는 창고에 있는 남자의 천체망원경을 천천히 어루만지다가 접안렌즈 쪽으로 눈을 가져다 댔다. 해질녘의 달이 선명하게 보였다. 벨카가 망원경 사용법을 터득한 게 분명했다. 아마 아빠가 있을 하늘을 자세히 올려다보기 위함이었으리라. 그러고 보니 망원경은 우주선을 쏘아 올린 동쪽 하늘을 향해 고정되어 있었다.

그녀는 망원경에서 눈을 떼고 창고 안을 살펴보았다. 남편과 관련된 물건은 죄다 이 방으로 옮긴 뒤에 봉인했으니 셰익스피어 소네트집도 분명 이곳에 있을 터였다. 그러나 먼지 쌓인 책꽂이며 서랍, 상자 속까지 살펴보았지만 이상하게도 소네트집은 찾을 수 없었다. 대체 어디로 가 버린 걸까. 그 책도 남편처럼 사라져 버린 걸까 생각하자 마음 한쪽이 시려 왔다.

"엄마!"

그때, 바깥에서 인기척이 들리더니 창고의 문이 벌컥 열렸다. 벨카였다. 빨갛게 상기된 얼굴을 한 벨카의 손에는 휴대폰이 들려 있었다. 휴대폰을 받아 들자 한 남자의 다급한 목소리가 흘러나왔다.

"항공우주국입니다. 휴마누스 3호의 신호가… 잡히지 않고 있습니다. 우주선 탑승자 가족분들께 연락을……."

휴대폰을 든 그녀의 손이 떨렸다. 얼마나 시간이 지났는지, 어떻게 전화를 끊었는지 생각나지 않았다. 벨카는 그런 그녀의 손을 잡고 창고를 나와 집까지 걸었다. 5미터 남짓한 짧은 길이 지독히도 길게 느껴졌다.

그녀는 곧바로 텔레비전을 켰다. 항공우주국의 엠블럼이 박힌 단상에 선 사람이 무거운 목소리로 브리핑을 하고 있었다.

"4년 전 8월 발사된 휴마누스 3호가 명왕성 궤도에서 실종되었습니다. 더 이상 신호가 잡히지 않고 있습니다. 항공우주국은 시스템 재부팅 명령 시그널을 여러 차례 보냈지만 반응이 없는 상황입니다. 최악의 상황에 대한 전문가들의 의견이 나오고 있는 가운데……."

그녀는 재부팅 명령 시그널에 대해 알고 있었다. 그건 심폐소생술 같은 것이었다. 숨이 멎은 사람에게 심폐소생술을 하듯 우주선의 신호를 찾기 위해, 우주선을 깨우기 위해 계속해서 신호를 보내는 것이었다. 휴마누스 2호 때와 같은 상황이었다. 그때 그 우주선처럼, 어쩌면 휴마누스 3호도…….

"폭발한 거야……."

그녀는 털썩 주저앉았다. 우주선도 소네트집처럼 사라져 버렸다. 돌아오지 못할 여행이란 건 알고 있었지만, 남편이 우주 어딘가에서 숨 쉬고 있는 것과 완전히 사라져 버린 건 전혀 다른 이야기였다. 실종이라니…….

벨카는 엄마의 곁으로 다가갔다. 뉴스 내용을 전부 이해하지는 못했지만 아빠에게 불행한 일이 일어났다는 사실만은 알 수 있었다. 벨카는 울고 있는 엄마를 꼭 껴안았다. 그녀의 눈물은 아이의 옷을 흠뻑 적실 때까지 그치지 않았다.

*

그로부터 한 달이 채 지나지 않은 1월 14일은 벨카의 열한 번째 생일이었다. 그날 오전 새로운 뉴스가 전해졌다.

휴마누스 3호. 소행성 충돌에 의한 폭발. 미션 종료.
미션 스페셜리스트. 미션명 라이카와 K. 우주에서 잠들다.

이 소식을 듣기 전까지는 한 줌의 희망이라도 있었다. 하지만 이제 희망은 사라졌고, 그녀 안에서 무언가 툭 끊어지는 소리가 났다.

뉴스를 보자마자 그녀는 항공우주국에 전화를 걸었다. 너무 빨리 임무 종료를 결정한 게 아닌지, 마지막으로 재부팅 명령 시그널을 보낸 게 언제인지, 소행성 충돌이라는 증거가 있는지 알고 싶었다. 하지만 어떤 대답도 그녀를 납득시킬 수는 없었다.

전화를 받은 사람들은 그녀를 외면하지 못했다. 그녀 역시 유능한 이론천문학자였고, 그들은 그녀의 동료였으며, 그녀의 마음을 이해할 수 있었기 때문이다. 그들은 알고 있었다. 그녀는 이 상황을 인지하지 못하는 게 아니라 인정하지 못하는 거란 걸. 그녀가 마침내 휴대폰을 내려놓았다. 그리고 깨달았다. 벨카는 더 이상 영웅의 아들이 아니었다. 어쩌면 희생자의 아들로 더 오래 기억될지도 몰랐다.

그날 저녁, 벨카는 환하게 촛불을 밝힌 생일 케이크 앞에 앉아 있었다. 그녀는 말이 없었고 벨카는 초가 다 녹아내릴 때까지 촛불을 끌 수 없었다. 벨카는 이 상황을 제대로 이해하지 못했다. 아빠의 마지막을 본 것도, 아빠의 무덤에 간 것도 아니었으므로. 하지만 아빠가 더 이상 집에 돌아올 수 없다는 사실을 받아들여야 했다. 그날 이후 친구들은 벨카에게 자주 이런 이야기를 하곤 했으니까.

"우리 엄마가 그러는데, 너네 아빠 죽었다며?"

*

    그렇게 남자는 두 번 죽었다. 한 번은 우주선의 신호가 끊어졌던 12월 22일이었고, 다른 한 번은 휴마누스 3호 프로젝트의 미션 종료가 공식화된 1월 14일, 즉 벨카의 생일날이었다. 커다란 상실을 맞이했지만 그럼에도 삶이란 계속 이어지기 마련이어서 그녀는 회사에 나가고, 식사를 챙기고, 청소를 했다. 하지만 온열 전선을 켜는 것만은 자꾸만 깜빡했다. 이러다간 눈이 쌓여 집이 얼음무덤이 되어 버릴지도 모를 일이라고 생각했다. 그렇게 한 달이 지나갔다.

    벨카는 그녀가 깜빡한 온열 전선의 스위치를 올린 후 아빠의 아지트였던 창고로 숨어들었다. 그러고는 여느 때처럼 아빠의 우주선이 하늘을 가르는 영상을 재생했다. 많은 사람들이 환호성을 질렀다. 카운트다운을 하는 아나운서의 목소리도 들떠 있었다. 벨카는 몇 번이나 보고 또 본 영상에서 지금까지 한 번도 보지 못했던 장면을 발견했다. 짧게 스쳐 지나간 장면이었다. 환호하는 사람들 사이에 그녀가, 어린 벨카를 안고 울고 있는 엄마가, 거기 있었다. 벨카는 영상을 멈추고 그녀의 모습을 확대해 보았다.

    "다른 사람들한테는 축제였지만, 우리에겐 장례식이었던 거네."

영상을 보던 벨카는 우주선을 향해 손을 뻗는 어린 자신에게 시선이 붙들렸다. 웃고 있었다. 아빠가 죽으러 가는지도 모른 채 함박웃음을 짓는 아들이라니. 부끄러웠다. 벨카는 차라리 눈을 감기로 했다.

'그래. 나에게는 생일 케이크 촛불을 끌 자격 같은 건 없는 거야.'

그날 이후 벨카는 생각했다. 혹시 나 때문에 아빠가 돌아오지 못하게 된 건 아닐까. 아빠의 장례식에서 자신이 웃어 버렸기 때문에. 그런 생각을 할 때마다 죄책감이 들었다. 그리고 앞으로 찾아올 자신의 생일마다 이런 생각을 하게 되리라는 것도 어렴풋이 느끼고 있었다.

이런 죽음은 대체 어떻게 애도해야 하는 걸까. 벨카는 도무지 알 수 없었다.

*

벨카는 우울한 생각을 떨쳐 버리기 위해 바깥바람이라도 쐴 요량으로 현관문을 열었다. 몇 달 동안 눈이 쌓인 탓에 온 세상이 은백색으로 보였다. 바깥으로 발을 내딛었다. 그 순간, 벨카는 강한 빛에 눈이 멀어 버린 사람처럼 풀썩 앞으로 쓰러지고 말았다. 간신히 고개를 들어 올려다본 하늘은 구름 한 점 없이 맑았다. 벨카는 수없이 돌려 봤던 영상 속 우주선을 보았다. 하늘을 날고 있었다. 이상하다고 생각하면서도 우주선을 향해 손을 뻗었는데, 그 순간 쾅! 하는 소리와 함께 우주선이 폭발했다. 섬광이 여러 차례 번뜩였다. 그 짧은 순간 무언가가 벨카를 관통한 듯했다. 그것은 어떤 감정이었다. 깊은 슬픔. 너무나 깊어서 들여다볼 엄두조차 나지 않는, 그런 슬픔이었다. 조금씩 눈이 감겨 왔다. 눈이 쌓인 바닥은 너무 차가웠고, 햇빛이 닿는 부위는 너무 뜨거웠다. 하지만 손가락 하나도 까딱할 수가 없었다. 여기서 잠들면 안 되는데… 엄마한테 혼날 텐데… 그렇게 생각하며 벨카는 긴긴 잠으로 빠져들었다.

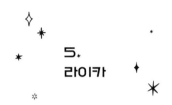

5.
라이카

닉은 셰익스피어 소네트집을 넘겨 보는 라이카에게 물었다.

"어때? 기억나는 게 있어?"

라이카는 책에서 눈을 떼지 않은 채 답했다.

"소네트는 아름다워. 그런데 소네트가 아름다워서 이걸 가져온 건 아닌 것 같아."

닉이 아무런 대답도 하지 않자 라이카는 이어서 설명했다.

"소네트의 내용보다 이 책 자체가 소중한 것 같은 느낌이 들어. 이걸 보고 있으면 왠지 눈물이 날 것 같거든."

"인간의 감정이란 매우 심오하고 섬세하군."

닉은 삐거덕거리는 손가락을 오므렸다 폈다 하면시, 라이가가 말한 '느낌'에 대한 정보가 자신에게 저장되어 있는지 찾았다. 데이터를 처리하는 일은 인간보다 잘할 수 있었지만 감정에 관한 이야기는 늘 어려웠다. 인간이 현재 어떤 감정을 느끼는지는 저장된 표정 인식 시스템을 돌리면 쉽게 알 수 있었으나 그들이 왜 슬퍼하는지, 무슨 이유로 행복한지는 이해할 수 없었다.

이번에는 라이카가 빈 액자를 들어 올렸다.

"내가 여기에 무슨 사진을 가지고 왔는지 알아낼 수는 없을까?"

라이카는 자신이 빈 액자를 가지고 왔을 거라고 생각하지는 않았다. 왠지 그건 확신할 수 있었다.

"글쎄, 개인 물품 내역은 저장하지 않아서 찾기 힘들어 보여."

닉의 실망스런 대답을 들은 라이카는 다시 시무룩한 표정이 되었다.

"분명 나한테 소중한 무언가가 찍혀 있었을 것 같은데……."

라이카는 사진처럼 사라져 버린 기억과 사라지지 않고 남아 있는 기억은 서로 무엇이 다를지 궁금했다. 무엇이 다르길래 어떤 것은 남고, 어떤 것은 사라졌을까. K박사가 말하길, 생존에 필요한 기억만 남고 그 외의 것들은 전부 지워졌다고 했다. 하지만 자기가 누구인지도 모르는 채로 그저 살아만 있는 게 괜찮은 건지에 대해서는 의문이 남았다.

"사진 속 사람들은 내가 이 여행을 떠나던 날 어땠을까? 시끌벅적하고 멋진 환송회를 준비했을까?"

"그건 환송회가 아니라……."

'장례식이었어.'

닉은 말을 하려다 멈췄다. 박사에 의해 몇 가지 정보는 말할 수 없게 프로그래밍되어 있었다. 라이카는 그런 닉을 보며 고개를 갸웃했다. 오류가 생긴 걸까? 라이카는 액자를 다시 상자 안으로 집어넣었다.

*

오전 체력 훈련을 끝낸 라이카는 깊은 고민에 빠져 있었다.

"캡슐이냐 간편식이냐, 그것이 문제로다."

효율이냐 맛이냐의 묘한 싸움이었다. 간편식이 아주 맛있는 건 아니었지만 적어도 캡슐을 삼키는 것보다는 나았다. 아무런 맛도 나지 않는 캡슐은, 음식보다는 사료 같은 느낌이었다. 그래서 요 며칠간 라이카는 간편식 조리에 도전하는 중이었다. 해동한 콩과 감자수프, 달걀과 빵 몇 조각이 오늘의 메뉴였다. 젓가락으로 콩을 들어 올려 보았다. 젓가락질은 잊지 않았는지 콩을 집는 일은 어렵지 않았다. 이것도 생존과 연관된 기억일까? 왜 이런 것들만 기억하는 걸까? 식사를 하다 말고 자리에서 벌떡 일어난 라이키는 휴게실을 향해 발걸음을 옮겼다.

휴게실은 우주선 내에 있는 작은 도서관 안에 있었다. 이곳에서는 음악을 듣거나 영화를 볼 수 있었고, 원한다면 수만 권의 전자책도 얼마든지 읽을 수 있었다.

휴게실로 들어선 라이카는 숨을 크게 들이쉰 뒤 조용히 눈을 감았다.

"자, 시뮬레이션을 해 보자. 난 여기에 있는 모든 걸 알고 있어."

닉은 우뚝 서 있는 라이카를 보고 덩달아 멈춰 섰다. 라이카는 휴게실의 장치들을 옮겨 다니며 마치 지휘자처럼 컨트롤해 나가기 시작했다. 먼저 오디오를 작동시켰다. 그러자 쇼스타코비치의 왈츠 2번의 흥겨운 멜로디가 흘러나왔다. 다음은 조명을 조정할 차례였다. 조명은 어두워졌다가 밝아지기를 반복하며 라이카의 손길에 따라 바뀌었다. 이번에는 영화를 틀어 보았다. 한쪽 벽면 전체가 스크린으로 바뀌더니 로맨틱 코미디 영화가 재생되었다. 마지막으로 시스템 제어 장치 앞에 선 라이카는 유난히 반짝이는 푸른색 버튼 바라보았다.

"이걸 누르면 여기는⋯⋯."

라이카는 그 버튼을 망설임 없이 눌렀다.

"무중력이 되는 거야!"

휴게실에 있던 물건들이 두둥실 떠올랐다. 라이카와 닉도 허공으로 떠올랐다.

"박사님은 깔끔한 걸 좋아한단 말이야!"

라이카 옆에서 둥둥 떠다니던 닉이 말했다. 라이카는 손을 뻗어 닉을 안은 채 중력을 원래대로 되돌렸고, 부유하던 물건들과 함께 바닥으로 떨어졌다. 음악과 영화도 껐다. 기술과 관련된 기억들은 애써 떠올리지 않아도 잘 활용할 수 있다는 걸 확인한 라이카는 품에 안은 닉을 내려다보았다.

"봤지? 난 엔지니어니까 네가 어떻게 만들어졌는지도 금방 알 수 있을 거야."

닉은 버둥거렸지만 라이카는 놔줄 생각이 없어 보였다.

"날 해체할 생각이야? 난 박사님의 소유물이야!"

라이카는 아랑곳하지 않고 닉의 몸 구석구석을 살펴보더니 공구 상자를 가져와서 뻑뻑하게 잠겨 있는 나사를 하나씩 풀기 시작했다.

"걱정 마. 재조립은 어려운 일이 아니니까. 널 더 편하게 만들어 줄게."

라이카는 걸을 때마다 삐거덕대는 닉의 다리를 가리켰다. 닉의 소프트웨어에는 최신 기술력이 집약되어 있었지만 자신의 다리를 수리하지는 못하는 것 같았다. 라이카는 닉의 다리를 해체하고 이곳저곳을 자세히 살펴보았다.

"나사 두 개와 업그레이드되지 않은 시스템이 문제였던 거야!"

그때 휴게실 문이 벌컥 열렸다. K박사였다. 박사는 엉망진창이 된 공간은 아랑곳 않고 라이카와 닉 쪽으로 성큼성큼 걸어왔다. 언제나 침착한 박사답지 않은 행동에 라이카의 눈이 동그래졌다.

"내 로봇한테 무슨 짓입니까!"

닉은 라이카에게 몸을 맡긴 채 박사를 바라보았다.

"저는 조금 업그레이드되는 중입니다."

"넌 업그레이드 같은 건 필요 없어!"

박사가 소리를 질렀지만 라이카는 침착하게 하던 일을 마무리했다. 다리 부분 나사를 교체하고 시스템을 확인하기 위해 열었던 심장 부위 또한 닫았다. 수리가 끝나자 박사는 라이카에게서 닉을 낚아채 바닥에 내려놓았다. 닉은 몸이 한결 가벼운 듯 박사 주변을 겅중겅중 뛰어다녔다.

"간단한 처치였어요. 닉의 내부를 꾸준히 유지·보수하는 게 좋을 것 같습니다. 박사님 말대로 전 이 우주선뿐 아니라 닉이 어떻게 만들어졌는지도 아는 것 같네요."

"앞으로 절대 내 로봇을 건드리지 마십시오. 이건 내 소유물입니다."

박사가 어질러진 방을 쓱 훑어보고는 휴게실을 나갔다. 닉은 훨씬 자연스러워진 걸음으로 라이카에게 다가왔다.

"불편했던 곳이 말끔하게 고쳐진 것 같아. 난 지금 아주 관대한 상태니 궁금한 게 있으면 뭐든 물어봐."

"궁금한 거?"

꿈속의 노래. 닉에게 입력되어 있는 수많은 노래들 중에 어쩌면 비슷한 노래가 있을지도 몰랐다.

"내가 노래를 하나 불러 줄게. 아, 가사는 몰라. 뭔지 찾을 수 있을까?"

"노래? 나는 음악 데이터도 많으니 가능할 거야."

라이카는 조용히 멜로디를 흥얼거렸다. 그러자 아름다운 노랫소리가 흐르던 꿈속 풍경으로 돌아온 듯한 기분이 들었다. 노래를 부르고 있자니 끝이라고 생각했던 음 뒤에 다른 멜로디가 더 이어진다는 걸 깨달았다. 라이카는 자기도 모르는 사이 새로 찾아온 멜로디를 흥얼거렸다.

"A-B-A 형식에 코다가 붙어 있는 4분의 3박자의 곡이야."

"형식 말고, 이 멜로디와 비슷한 노래가 세상에 존재해?"

"아니. 유사한 멜로디는 검색되지 않아. 다만 단순한 멜로디가 반복되는 것으로 보아 동요의 형식과 흡사하다고 여겨져."

"동요…?"

"동요란 어린이들을 위해 만들어진 노래를 말해. 어린이들의 심리나……."

세상에 존재하지 않지만 라이카는 알고 있는 노래. 만약 이 노래가 동요라면 어린 시절에 들었던 노래일까? 아니면 자신이 지어서 어린 누군가에게 불러 줬던 노래일까? 라이카는 생각에 잠겼다.

*

라이카는 K박사의 방으로 향했다. 닉이 자주 드나든 탓인지 방문은 열려 있었다. 일부러 노크를 했지만 아무런 기척이 없었다. 라이카는 조심스럽게 방 안으로 들어갔다.

불을 켜지 않아 어두웠지만 지나치게 깔끔하다는 건 알 수 있었다. 구석에 놓여 있는 물건 하나가 이질적으로 느껴질 정도였다. 라이카가 낮은 목소리로 중얼거렸다.

"카세트 플레이어…?"

그것은 먼 과거의 물건이었다. 라이카도 카세트 플레이어를 직접 사용해 본 적은 없었다. 카세트 플레이어의 재생 버튼을 누르자 톡톡, 토독토독, 톡, 하는 소리가 흘러나왔다.

"이건, 지구의……."

빗소리. 안개가 자욱한 숲, 은은한 솔잎의 향, 그 사이를 메우는… 빗소리. 그 소리를 들으니 마치 숲 속을 걷는 듯한 기분이 들었다. 보슬비를 고스란히 맞으면서.

"제 물건에는 손대지 말라고 얘기했을 텐데요."

복도의 불빛을 등진 박사가 말했다.

놀란 라이카는 카세트 플레이어를 끄려 했지만 이미 기계는 박사의 손에 들려 있었다.

"빗소리 같은 백색소음은 특별한 스펙트럼을 갖고 있습니다. 균등하고 일정한 주파수는 심리적으로 안정감을 주죠."

"아… 그래서 가지고 오신 거군요. 정말로 마음이 안정되는 것 같아요."

"아뇨, 중요해서 가지고 온 겁니다."

"중요해서?"

라이카는 '중요한 빗소리'라는 말을 잘 이해할 수 없었다. '중요한'과 '빗소리'가 어울리는 말일까? 어둠 속으로 저벅저벅 걸어 들어온 박사는 불도 켜지 않고 침대에 걸터앉았다. 두 사람 사이에 침묵이 흐르는 동안에도 카세트 플레이어에서는 계속해서 빗소리가 흘러나오고 있었다. 먼저 이야기를 시작한 쪽은 박사였다.

"비가 내리던 어느 날, 모두 집으로 돌아간 놀이터에 한 아이가 남아 있었습니다. 아무도 그 아이를 데리러 오지 않았습니다. 버려졌거든요, 부모한테. 좀 유별난 아이였기 때문이죠."

빗소리가 점점 더 커져 갔다. 보슬비는 어느새 장대비가 되어 두 사람을 집어삼켰다.

*

"여보, 난 저 애가 무서워."

"우리 아들이야. 어떻게 그런 소릴 해."

"아직도 모르겠어? 우리가 키우던 강아지, 고양이, 오리, 하다 못해 금붕어까지 다 저 애 손에 죽었다고!"

어린 K는 닫힌 문 너머로 들려오는 부모의 목소리에 귀를 기울였다.

"그냥 궁금했다잖아. 동물들이 어떻게 움직이는지, 살아 있는 것들이 뭘로 만들어져 있는지."

"보통 아이들은 궁금하다고 다 배를 갈라 보진 않아!"

곧이어 흐느끼는 소리가 들렸다. K는 고개를 푹 숙였다. 또 엄마를 울게 만들었다는 생각 때문이었다.

"그 동물들이 그냥 동물들이야? 소중한 우리 가족이었다고!"

소중한 가족…? K는 '소중한'과 '가족'이란 단어의 연결점을 찾아보려 했다.

소중하다는 마음은 어떤 걸까? 가족은 다 소중한 걸까? 나도 소중한 가족일까? 엄마는 무슨 말을 하고 싶은 걸까?

"저러다가 사람한테까지 해코지하면 어떻게 할 거야?"

"그럴 일 없어."

"아니! 그럴지도 몰라. 봤잖아, 어젯밤에. 당신 눈으로!"

남자는 어젯밤 일을 떠올렸다. 인기척을 느끼고 잠에서 깬 남자는 방 안에 누군가 들어와 있다는 사실을 깨달았다. 혹시 도둑이라도 든 걸까? 섬뜩해진 남자는 최대한 숨을 죽이고 상대를 살폈다. 상대는 칼을 들고 있는 것처럼 보였다. 창문으로 비친 가로등 불빛에 은빛 칼날이 반짝 빛났다. 그런데 뭔가 이상했다. 한참이 지나도 상대는 그 자리에서 움직이지 않았다. 어렴풋하게 보이는 그의 윤곽이 익숙했다. 남자가 떨리는 목소리로 물었다.

"아들… 아들이야?"

남자는 서둘러 전등을 켰다. 환하게 불이 들어오자 침대 머리맡에 칼을 들고 서 있는 아들의 모습이 보였다. 눈이 부셨는지 뒤척이던 아내가 눈을 떴고, 눈앞의 풍경을 보고 외마디 비명을 질렀다.

"쉿, 애 놀라."

남편은 아내를 막아서며 아이에게 조금씩 다가갔다.

"왜 그래, 무슨 일이야?"

남자는 조심스레 손을 뻗어 아이의 팔을 잡았다. 아이는 미동도 하지 않았다. 남자는 그 틈을 타 재빨리 칼을 빼앗았다. 아이는 당황한 모양인지 거칠게 숨을 내쉬었다. 헐떡이는 듯한 소리가 들렸다. 남자는 그런 아이를 꼭 끌어안고 등을 토닥이며 다시 물었다.

"무슨 일 때문에 그래?"

아이가 대답했다.

"궁금해서… 사람은 무엇으로 이루어져 있는지."

*

K의 학교생활은 그리 순탄치 않았다. K는 사람들의 마음을 얻고 싶었지만 그 이유가 보통 아이들과는 조금 달랐다. 선생님과 친구들을 좋아해서가 아니라 그들에 대한 호기심 때문이었다. 그리고 그들에게 인정받고 싶었다. 그러니 교우 관계에 문제가 생길 수밖에 없었다. 한때 K가 마음에 들어 했던 여자아이가, 꽃에 앉은 흰 나비를 보고 이렇게 말했다.

"이것 봐, 예쁘지? 나는 나비가 너무 좋아."

그로부터 며칠이 지난 어느 날, 여자아이는 자신의 사물함에서 선물 상자 하나를 보았다. K가 준 것이었다. 예쁘게 포장된 선물 상자 안에는 포르말린에 절여 박제된 나비 열 마리가 담겨 있었다. 여자아이는 얼굴이 하얗게 질려 소리쳤다. K는 바닥에 주저앉아 우는 여자아이를 보며 고개를 갸웃거렸다.

"네가 좋아한다고 해서 가져왔는데, 왜 그래?"

이 일이 소문나자 K에게 다가오는 친구는 아무도 없었다. K는 혼자 책을 읽고 혼자 공부를 하는 외로운 아이로 자랐다. 무엇이든 적당히란 법을 몰랐으므로 지칠 때까지 공부를 하고, 닥치는 대로 책을 읽었다. 평범하지 않은 아이는 모난 돌처럼 사람들의 눈에 띄기 마련이었다. 해가 질 즈음에 느지막히 집으로 돌아가던 어느 날, K는 자신보다 나이가 많은 아이들에게 둘러싸여 아파트 옆 빈 공터로 끌려갔다.

"야, 네가 전교 1등이라며? 재수 없어."

그러나 K는 별다른 표정 변화가 없었다.

태연한 K의 모습에 화가 난 아이들은 K를 마구잡이로 때렸다. 입술이 터지고 얼굴에 생채기가 나 피가 흘렀다. 그런데도 K는 여전히 무덤덤했다. 마치 아무런 고통도 느끼지 못하는 것처럼.

때려도 아무 반응이 없자 무리 중 가장 키가 큰 아이가 K에게 어깨동무를 하더니 그를 폐건물 2층으로 데리고 갔다. 그러자 나머지 아이들도 그들을 뒤쫓아 폐건물 안으로 들어갔다.

"야, 히어로들은 이런 거 하나씩 다 걸치고 다녀."

키 큰 아이는 자신의 빨간 점퍼를 K에게 벗어 주며 말했다.

"이거 입고 날개처럼 펼치면 하늘을 날 수 있어. 알지?"

K는 의아하다는 표정을 짓더니 나지막하게 말했다.

"이 점퍼로는 부족해. 공기저항을 이용하려면 이것보다 훨씬 큰 게 필요해."

"뭐? 이 새끼가… 야, 그냥 여기서 뛰어내려. 그럼 우리가 너랑 친구 해 줄게."

K는 '친구'라는 말에 몸을 움찔했다. 단 한 번도 가져 보지 못했던 것, 가지고 싶었지만 잘되지 않았던 그것이 생길 수 있다니. 친구가 생기면 어떤 기분일까? 늘 궁금했다. K는 빨간 점퍼를 걸치고서 한 치의 망설임도 없이, 뛰어내렸다.

K가 진짜 뛰어내리자 아이들은 순간 겁에 질렸다.

"야, 쟤… 죽은 거 아냐? 누가 좀… 봐 봐."

무리 중 한 명이 덜덜 떨며 아래를 내려다봤다. 바닥에 엎드려 있는 K의 모습이 보였다. 한동안 미동이 없던 K가 스르르 고개를 돌렸다. 얼굴이 피투성이였다.

"야 도망가. 저 새끼 미친놈이야. 괴물 새끼라고!"

K는 괴물이라는 단어를 듣고 자리에서 일어났다. 바닥에 천천히 검붉은 피가 고이는 게 보였다.

'괴물… 우리 엄마도 날 그렇게 불러.'

*

빗소리는 여전히 방 안을 채우고 있었다. 이야기를 마친 K박사는 한동안 말이 없었다. 라이카 역시 무슨 말을 해야 할지 알지 못했다.

"당신도 날 이해하긴 힘들 겁니다."

박사가 혼잣말처럼 중얼거렸다.

"이 빗소리는 내게 중요합니다. 내가 여기에 온 이유를 잊지 않게 해 주니까요."

박사는 수십 년 전의 비 오던 놀이터를 잊을 수 없었다. 그날부터 박사의 세상에는 멈추지 않는 비가 내리고 있었기 때문이다.

6.
벨카

벨카의 열두 번째 생일은 정말로 이상했다. 가장 멋진 옷을 꺼내 입고 며칠을 먹어도 다 먹을 수 없을 것 같은 커다란 케이크 앞에 앉았다. 엄마는 여태껏 무섭다면서 건드리지도 않았던 폭죽을 터뜨리며 "생일 축하해! 아들!" 하고 말했다. 선물도 받았다. 작년부터 갖고 싶었던, 토끼털로 만든 폭신한 털신이었다. 아주 요란한 생일 파티였다. 엄마의 얼굴에서 미소가 떠나질 않았지만, 벨카는 알고 있었다. 사실 그녀는 울음을 삼키고 있다는 걸. 그녀에게는 벨카의 생일을 축하하는 일보다 아빠의 기일을 잊는 것이 더 중요해 보였다. 아무도 행복하지 않은데 세상에서 가장 행복해 보이는 생일 파티였다.

케이크 초에 불을 붙였다. 그녀는 벨카에게 생일 축하 노래를 불러 주고 소원을 빌라고 했다. 무슨 소원을 빌어야 할까? 아빠가 다시 돌아오게 해 주세요? 아빠가 죽은 게 아니게 해 주세요? 벨카는 초가 다 녹아 사라질 때까지 쉽게 마음을 정할 수 없었다. 끝 끝내 아무런 말도 하지 못했다. 새하얀 생크림 위로 촛농이 눈물처럼 흩뿌려져 있었다. 벨카는 촛불이 꺼져서 오히려 다행이라고 생각했다.

*

"엄마 나 학교를 못 가겠어."

벨카가 말했다. 병원에서 퇴원한 다음날의 일이었다. 몇 주 전 벨카는 현관문 앞에서 쓰러지는 바람에 얼마간 병원 신세를 졌다. 병원에서 벨카는 죽은 듯이 긴 잠을 잤다. 그녀는 병실을 지키며 고민했다. 너무 서둘러 학교에 보낸 것이 문제였을까? 학교로 돌아가 일상적인 생활을 하는 게 슬픔을 추스르는 데 도움이 될 거라고 생각했는데… 그게 아이를 더 힘들게 했던 걸까? 아이에게도 아빠의 일을 정리할 시간이 필요했을 것이다. 어른인 자신도 잘 되지 않는 일을 어린아이가 쉽게 해낼 수 있을 리 없었다.

그날부터 벨카는 자주 멍해졌고 이따금 혼잣말을 하기도 했다. 대부분의 시간을 침대에 누워 이불을 머리끝까지 뒤집어쓴 채 미동도 없이 잠만 잤다. 그녀는 곧 좋아질 거라고 생각하며 걱정스러운 마음으로 기다렸지만 쉽사리 좋아지지 않았다. 하루는 속이 타서 아이를 억지로 문 앞까지 데리고 갔더니 울며불며 그 자리에 주저앉아 버렸다. 정말로 아이는 집 밖으로 나가는 걸 힘들어했다. 아니, 두려워했다는 말이 더 정확할 것 같았다.

그녀는 아이에게 자신이 미처 짐작하지 못한 문제가 있는 건 아닌지 고민하기 시작했다. 학교에서 친구들과 문제가 있는 건 아닌지, 혹시 그 문제가 "너네 아빠 죽었다며?" 라고 말하는 아이들 때문인 건 아닌지, 만약 그런 거라면 아이에게 무슨 말을 해 줘야 하는지. 그녀는 생각하고 또 생각했다. 결국 그녀는 학교에 양해를 구하고 당분간 직접 벨카의 공부를 봐주기로 했다. 그녀도 이 수업 시간이 좋았다. 아이와 많은 대화를 나눌 수 있었고, 공부를 가르칠 때만큼은 남편 생각이 나지도 않았다. 그러던 어느 날 벨카가 조금 더 자세한 이야기를 꺼냈다.

"엄마, 나 집 밖에 나갈 수가 없게 됐어."

"왜 집 밖으로 나갈 수 없게 된 거니?"

"내 슬픔은 아직 끝나지 않았기 때문이야, 엄마."

그녀는 벨카의 말을 어렴풋하게 이해할 수 있었다. 벨카는 그녀와 같은 슬픔을 공유하는 유일한 사람이었다. 그랬기에 벨카의 등을 떠밀지 않았다. 그럴 수가 없었다.

그녀는 이 슬픔을 조금씩 지워야겠다고 생각했다. 남편의 물건을 보면 자꾸만 '죽음'이 떠올랐다. 슬픔에서 빠져나오려면 슬픈 기억을 떠올리게 하는 물건부터 치워야 할 것 같았다. 그래서 그녀는 집안에 남아 있는 남편의 물건을 정리해 나갔다.

하지만 끝끝내 정리하지 못한 것이 있었다. 그가 꾸며 놓았던, 창고를 개조한 아지트였다. 그 방마저 없애 버리면 정말 남편을 돌아올 수 없는 곳으로 영영 보내 버리는 것 같아 차마 그럴 수가 없었다. 그래서 그녀는 창고 문을 잠그기로 했다. 이 집에 스민 슬픔도 그 방에 갇혀 빠져나오지 못하기를 바라면서.

벨카는 그녀에 의해 창고 아지트의 문이 잠기는 걸 보았다. 이 결정에 대해 그녀는 벨카에게 한마디 상의도 하지 않았다. 하지만 벨카는 이해했다. 그녀 역시 자신만큼이나 고된 싸움을 하고 있다는 걸 알고 있었으니까. 그녀는 옷을 정리하다가, 토스트에 잼을 바르다가, 텔레비전을 보다가 가끔 조용히 울었다. 창고의 문을 잠그는 것으로 슬픔을 철저히 가두어 보려 했지만, 슬픔은 일상의 틈으로 자꾸만 새어 나왔다.

그럼에도 그녀는 벨카의 상태에 대해 막연한 희망을 품었다. 이제 괜찮아지겠지, 금방 다시 일상으로 돌아와 예전처럼 학교도 가고 날씨가 좋은 날엔 친구들과 밖에서 뛰어놀겠지. 그렇게 생각했다. 하지만 그런 날은 오지 않았다. 벨카가 현관에서 쓰러신 날로부터 2년이 지난 오늘까지.

*

벨카는 올해도 그녀가 자신의 생일을 성대하게 축하할까 봐 어젯밤부터 마음을 졸이고 있었다. 하지만 이번에는 좀 다른 것 같았다. 그녀는 꼭 벨카의 생일을 까맣게 잊어버린 사람처럼 행동했다. 벨카는 이것이 그녀가 아빠의 기일을 견디는 또 다른 방법이란 걸 깨달았다. 차라리 다행이라고 생각했지만 내심 서운한 마음이 드는 건 어쩔 수 없었다.

그녀가 출근하고 벨카는 평소처럼 텔레비전을 켰다. 텔레비전에서는 지긋지긋한 기후 위기 이야기, 정치인들이 싸우는 이야기, 연예인들의 결혼 이야기 같은 것들이 흘러나오고 있었다.

아빠가 죽은 지 2년밖에 지나지 않았는데, 세상은 벌써 아빠를 잊은 것 같았다. 우리의 영웅을 잊지 말자고 그렇게 떠들어 댔으면서, 다들 금방 잊어버렸다. 이렇게 아무도 아빠 이야기를 하지 않는 걸 보니 아빠는 처음부터 없었던 사람 같기도 했다. 벨카는 자기도 아빠를 잊어도 될지, 언젠가는 이날을 무심히 지나치게 될지 생각했다. 알고 싶었다. 그런 날이 오는 게 좋은 건지, 오지 않는 게 좋은 건지… 아무리 생각해도 결론은 나지 않았지만 어쨌든 그녀가 벨카의 생일을, 아니, 아빠의 기일을 모르고 지나가는 건 좋은 일이니까. 그렇다면 아빠에 대한 이야기가 나오지 않는 건 좋은 일 같기도 했다. 벨카는 이런 사실이 기쁘면서도 슬펐다.

그런 생각을 하는데 현관문 쪽에서 인기척이 들렸다. 퇴근한 엄마가 벨카를 불렀다. 벨카는 불안해졌다. 설마 작년처럼 성대한 생일 파티를 하려는 건가? 벨카는 천천히 식탁 쪽으로 가 그녀와 마주앉았다.

"아들, 물어보고 싶은 게 있어. 외국에 있는 항공우주국에 일자리가 생겼어. 거기에 가면 하늘로 오르는 로켓을 자주 볼 수 있단다."

"……."

"엄마는 너랑 같이 가고 싶어. 하지만 네가 싫다면 가지 않을 거야. 그래서 네 생각이 어떤지 궁금해. 물론 당장 이야기해 주지 않아도 괜찮아. 천천히 생각해 봐."

그녀의 이야기를 들은 벨카는 아무런 말도 할 수 없었다. '하늘로 오르는 로켓'이라는 말이 마음에 걸려서였다. 과연 우리가 괜찮을 수 있을까? 로켓들을 보며 매일 아빠 생각을 하게 되더라도 엄마는 괜찮을까?

"엄마는 네가 걱정돼. 벌써 2년째야. 언제까지 집 안에만 있을 생각이니?"

*

1시간 전까지만 해도 외국으로 함께 가지 않겠냐고 다정히 묻던 그녀가 지금은 벨카를 다그치고 있었다. 이렇게 급격한 감정 변화도 시간이 지나면 잦아들 거라 생각했지만, 그렇지 않았다. 학교에서 걸려 온 전화가 발단이 되었다.

"왜 집 밖으로 못 나가는 거야? 이유라도 좀 알자. 그래야 엄마도 뭘 어떻게 할지 생각할 거 아냐."

"……."

"엄마가 답답해서 그래. 다시 학교도 가고, 친구들이랑 밖에서 노는 것도 보고 싶고……."

'엄마는 이해하지 못할 거야.'

벨카에게서 아무런 대답이 돌아오지 않자 그녀의 목소리가 점점 더 커졌다.

"엄마 혼자 얼마나 힘든 줄 알아? 엄마가 힘든 거 알면 좀 도와주고 그래야 할 거 아냐!"

그녀가 소리를 지르자 깜짝 놀란 벨카는 어쩔 줄 몰랐다. 둘 사이에 무거운 침묵이 흘렀다. 그렇게 얼마나 시간이 지났을까, 벨카가 힘겹게 입을 열었다.

"엄마, 나는 하늘을 올려다볼 수가 없어. 아빠 무덤이 계속 내 머리 위에 있잖아."

벨카의 말을 들은 그녀는 마음이 쿵, 내려앉는 것 같았다.

"나는 하늘만 보면 아빠 생각이 나. 그런데 하늘은 언제나 내 머리 위에 있어서 피할 수도 없어."

이것이 벨카가 처음으로 입에 올린 아빠의 죽음에 대한 이야기였다. 우리 집에서 아빠 이야기는 금기니까. 아빠 이야기를 하면 엄마가 슬퍼할 테니까. 그래서 참아 왔던 이야기를 뒤늦게 털어놓기 시작했다.

"엄마, 아빠는 진짜 죽은 거야? 아무도 아빠의 시체를 보지 못했고 아무도 아빠가 죽었다는 증거를 찾지 못했는데? 어차피 돌아오지 못하는 여행을 떠난 순간부터 볼 수 없는 사람이 되었으니까 크게 다를 게 없는지는 모르겠지만 그래도… 엄마, 아빠가 너무너무 보고 싶어."

두 사람은 서로를 끌어안고 울었다. 그러자 잠시나마 슬픔이 씻겨 내려가는 것 같았다. 한참을 울고 난 그녀가 벨카에게 말했다.

"벨카. 생각을 조금 바꿔 보는 거야. 하늘이 아빠의 무덤이 된 게 아니라, 하늘에서 아빠가 벨카를 계속 지켜보고 있다고 생각해. 그러면 어떨까?"

그러고는 라이카가 선물한, 벨카의 목에 늘 걸려 있는 프리즘 펜던트를 가리켰다.

"벨카, 아빠가 보고 싶으면 이 펜던트에 대고 이야기해 봐. 아빠 너와 늘 함께 있으니까."

*

그날 밤, 현관문이 활짝 열렸다. 벨카는 그녀의 손을 잡고 집 밖으로 한 걸음을 내디뎠다. 벨카가 두 눈을 질끈 감았다. 그러고는 엄마의 손에 이끌려 한 발짝 한 발짝 집과 멀어졌다. 온통 죽음으로 뒤덮여 있던 벨카의 하늘이 서서히 아빠의 따뜻한 눈빛으로 뒤바뀌고 있었다.

"별이야, 벨카. 저기 밝은 별 보이니?"

그녀가 손가락으로 하늘을 가리켰다.

"응, 북극성!"

어린 시절 아빠와 함께 별을 보러 다녔던 벨카에게는 익숙한 별이었다.

"여기 북반구 하늘에서 가장 쉽게 찾을 수 있는 별이지!"

"북반구의 길잡이 별!"

"맞아. 북극성을 찾아낼 수 있다면, 절대 길을 잃지 않을 수 있단다."

밤하늘에는 별이 가득했다. 두 사람은 별이 쏟아질 듯한 하늘

아래를 뛰어다녔다. 은빛으로 빛나는 달빛 아래에서 웃고 떠들고 소리를 질렀다. 밤공기가 제법 차가웠지만 그런 건 전혀 문제가 되지 않았다.

둘은 서로를 향해 달리기도 하고 반대 방향으로 도망치기도 했다. 그렇게 넘어지고 다시 일어서기를 반복했다. 눈 때문에 신발이 젖는 것도, 몸이 차가워지는 것도 모른 채 그녀는 생각했다. 지난 2년 동안 이렇게 웃어 본 적이 있었던가. 아름다운 겨울밤이었다.

*

며칠 후 다시 창고 문이 열렸다. 오랜만에 마주한 그곳은 예전 모습 그대로였다. 그녀는 남겨진 물건들을 조심스레 만져 보는 아이를 두고 조용히 창고를 빠져나왔다.

벨카는 아빠의 공간을 구석구석 살폈다. 그러다 문득, 예전에는 있는 줄도 몰랐던 소형 플라네타륨[4]을 발견했다.

벨카가 커튼을 치고 작동 버튼을 누르자 플라네타륨은 까만 방 안 가득 별을 투사했다. 벨카는 길잡이 별인 북극성을 찾아보았다. 그런데 한눈에 들어와야 할 그 별이 아무리 찾아도 보이지 않

---

4 반구형의 천장에 설치된 스크린에 달, 태양, 행성 등의 천체를 투영하는 장치.

았다. 뭐가 잘못된 건가? 아니… 잘못된 게 아니었다. 이 밤하늘
은……

"아, 남반구의 하늘이었지!"

벨카는 아빠의 책장에서 남반구의 밤하늘 지도를 꺼내 펼치고
플라네타륨의 별자리와 하나하나 비교해 보았다. 남반구 하늘이
확실했다. 그러자 기억 속에서 잠자고 있던, 과거의 어느 여름밤
이 벨카를 찾아왔다.

*

"벨카, 아빠가 선물을 하나 줄게. 우린 북반구에 살고 있으니까
남반구로 여행을 가지 않는 이상 남반구의 별들은 볼 수 없잖아.
하지만 아빤 벨카에게 남반구의 하늘을 보여줄 수 있어! 바로 여
기에서!"

아빠가 플라네타륨의 불을 환하게 밝혔다.

"이게 남반구의 하늘이야. 어때? 아름답지? 벨카는 오늘부터
모든 하늘을 다 품는 거야. 벨카는 그런 사람이 될 거야."

*

아빠의 말대로, 모든 하늘을 품는 사람이 되고 싶었다.

벨카는 아빠의 별자리 지도에서 남십자성을 찾기 시작했다.

"북반구엔 북극성이 있다면, 남반구에는 남십자성이 있어!"

이제 남반구의 길잡이 별도 찾았으니 세상 어느 곳에 있더라도 길을 잃지 않을 터였다. 지구의 모든 하늘을 가슴에 품은 벨카는 조용히 중얼거렸다.

"아빠, 보고 있죠? 이제 내가 어디로 가야 할지 알 것 같아요."

그때였다. 별빛 속에 서 있는 벨카에게 어떤 멜로디가 찾아왔다. 흥얼흥얼 따라 부를 수 있을 정도로 친숙했지만 어디서 온 것인지는 알 수가 없었다. 벨카의 마음속에 떠 있는 북극성과 남십자성도 그 멜로디를 노래하는 듯했다.

*

그날 밤, 벨카는 엄마에게 말했다.

"엄마, 전에 물어봤던 거 있잖아요. 로켓의 도시로 이사 가는 거 말이에요. 제 생각에는요……."

"네가 가기 싫다면 엄마도……."

"갈래요. 그곳에서는 하늘로 날아오르는 로켓이 자주 보인다고 했죠? 나도 그 도시로 가고 싶어요."

그녀가 쳐다보자 어느덧 훌쩍 자란 벨카가 빙긋 미소 지었다.

'엄마… 아빠가 나한테 계속 이야기하고 있었어요. 온 하늘을, 온 우주를 다 품으라고. 나도 아빠 같은 사람이 될 거예요. 멋진 우주 비행사가 되고 싶어요.'

*

두 사람은 로켓의 도시로 이주했다. 이곳에서 서른두 개의 로켓이 쏘아 올려지는 동안 그녀는 늙어 갔고 벨카는 성장했다. 이제 벨카는 그녀에게 어깨를 내어 줄 수 있을 만큼의 나이가 되었다.

오랜만에 로켓 발사를 구경하러 나간 날이었다. 공터로 나간 두 사람은 발사 시간이 다가오자 초조하게 시계를 확인했다. 잠시 후 힘찬 카운트다운이 시작되었다. 곧이어 커다란 굉음과 함께 하늘을 오르는 로켓의 모습이 보였다. 사람들은 환호했고 벨카는 그녀를 꼭 안았다. 여섯 살 벨카를 안고 있었던 그날의 그녀처럼.

날아오르는 로켓을 볼 때마다 벨카는 생각했다. 자신이 가야 할 곳은 저 로켓을 타야만 갈 수 있다고. 그리고 그곳에 도착하는 건 마치 운명과도 같아서, 반드시 이루어질 수밖에 없다고.

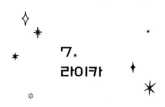

7.
라이카

'내 미션명은 어디에서 온 거지?'

조사한 자료에 의하면 '라이카'라는 미션명은 우주견 라이카에서 온 것이 분명했다. 라이카는 아주 오래전 우주선을 타고 지구 밖으로 나간 최초의 생명체였다.

"라이카는 지구로 귀환하지 못했다…?"

어딘가 석연찮은 기분이 들었다. 사람의 운명은 이름을 따라 간다는 말도 들었던 것 같은데… 그런 라이카의 생각을 읽은 건지 닉은 미션명의 유래를 알려 주었다.

"공모를 받았어. 우리의 여행은 인류의 미래를 짊어지고 있으니까. 전 지구인을 대상으로 한 공모였어. 라이카는 우주로 나간 최초의 생명체였으니 뜻깊었지."

휴마누스 3호의 미션도 '최초'라는 타이틀을 많이 가지고 있었으니 꽤 그럴 듯했다. 하지만 우주견 라이카가 지구로 돌아오지 못했다는 사실은 미션명 선택에 있어 전혀 고려되지 않은 듯했다. 미션명에 대해 한참 생각하던 라이카는 깡통 로봇 닉의 이름이 어디에서 왔는지도 궁금해졌다.

"닉의 이름도 공모로 정해진 거야?"

"아니, 내 이름은 K박사님이 지어 줬어."

"왜 닉인지는 몰라?"

닉은 검색을 하는 건지 한동안 가만히 고개를 갸웃거렸다.

"닉이라는 이름은 니콜라스의 애칭으로 자주 불린다. 닉이라는 이름을 가진 유명인으로는 야구선수 닉 에반스, 배우 닉 오퍼맨, 가수 닉 카터 등이 있으며……."

"그래, 정말 많은 닉이 있구나. 그만하면 됐어."

닉 역시 자신의 이름이 어디서 왔는지는 알지 못하는 눈치였다.

"난 이 이름이 마음에 들어."

닉은 그렇게 말하곤 물청소를 하기 시작했다. 라이카는 그런 닉을 보며 로봇은 참 단순하고 명쾌해서 부럽다고 생각했다. 감정이란 게 없으니 기분에 휘둘릴 일도 없고, 입력된 동선으로만 움직이면 되는 삶. 그렇게 살 수만 있다면 자신 역시 평온할 것 같았다. 이런 생각을 하고 있는데 어느새 바로 앞까지 온 닉이 말했다.

"비켜. 걸레 지나가."

라이카가 자리를 비켜 주자 닉은 물걸레와 함께 리듬감 있는 부드러운 동작으로 앞을 지나갔다.

*

며칠 후 라이카는 닉이라는 이름의 유래를 알 수 있었다.

K박사가 우주선은 항상 깔끔해야 한다고 설정해 둔 탓에 닉은 틈틈이 청소를 했다. 우주선의 규모가 꽤나 커서 라이카는 닉을 자주 만나지 못했다. 그런데 오늘은 운이 좋은 건지, 체력 단련실 앞에서 청소 중인 닉과 마주쳤다. 닉은 버릴 물건들을 담는 신소재 상자를 밀며 다가오고 있었는데, 그 상자 안에 책 한 권이 덩그러니 들어 있었다.

"버릴 거야?"

"바닥에 있었거든. 바닥에 있는 건 다 쓰레기야."

"어디에 있던 건데?"

"박사님 방."

K박사의 방…? 라이카는 책을 주워 들었다.

"내가 버릴게."

"그래 줄래? 인간은 참 상냥해."

닉은 빈 상자를 잠시 바라보더니 왔던 방향으로 사라졌다. 라이카는 책으로 시선을 돌렸다.

"오즈의 마법사… 오즈의 마법사…?"

희미하지만 기억 속에 있는 이야기였다. 도로시라는 소녀가 폭풍우를 만나 오즈로 가서는… 그 다음엔… 그 다음엔 어떻게 됐더라?

'일단 책을 읽어 보자.'

박사가 가져온 『오즈의 마법사』에는 중간중간 낙서가 있고 밑줄도 그어져 있었다. 여러 번 봤던 건지 여기저기 구겨지고 손때가 가득했다.

"내 소네트집을 보고는 이게 무슨 의미가 있냐 하더니. 자기도 책 갖고 왔구먼, 뭘."

라이카의 입가에 잔잔한 웃음이 번졌다.

박사가 가지고 온 책이라니. 라이카가 지구로부터 1.5킬로그램의 물건을 가지고 왔듯이 박사도 그랬을 거라고는 왜 생각하지 못했던 걸까. 그렇다면 그 물건들 중 하나는 카세트 플레이어가 확실했다. 이 책, 『오즈의 마법사』도 마찬가지였다. 박사를 설명해 주는 물건이라… 무표정한 얼굴로 필요한 말만 하고 감정 없는 사람처럼 행동하는 박사가, 라이카는 언제나 궁금했다.

'닉'은 『오즈의 마법사』에 나오는 양철 나무꾼 '니콜라스 초퍼'의

애칭이었다. 태어나서 단 한 번도 사랑을 해 본 적도, 받아 본 적
도 없었던 닉. 닉에게는 심장이 없었다. 심장이 있으면 사랑이란
감정을 알게 될 줄 알았던 닉은, 도로시 일행과 함께 오즈로 여행
을 떠난다. 마녀를 무찌르고 심장을 얻기 위해.

그러고 보니 박사는 닉과 닮은 구석이 아주 많았다. 닉은 인간
같은 로봇이고, 박사는 로봇 같은 인간이라는 점에서 그랬다. 생
각이 생각의 꼬리를 물고 이어지자 머리가 복잡해졌다. 라이카는
고개를 저었다.

*

K박사의 방문 앞에 선 라이카는 『오즈의 마법사』를 품에 안고
망설였다. 박사는 라이카가 온 사실을 알아차리지 못한 채 방 안
을 왔다 갔다 하는 중이었다. 초조한 것 같았다. 무언가 찾고 있는
게 분명했다.

"혹시 찾고 계신 게 이 책입니까?"

박사가 고개를 돌렸다. 라이카의 손에 들려 있는 책을 발견한
박사는 라이카를 향해 성큼성큼 다가왔다.

"그걸 왜 당신이 갖고 있습니까?"

평소보다 차가운 표정이었다.

"우주 쓰레기가 될 뻔한 걸 가져다 드리는 겁니다. 닉이 폐기장으로 가져가고 있었거든요."

라이카는 책을 박사에게 내밀었다.

"소중한 물건인 것 같아서요."

책을 받아 든 박사는 고맙다는 말도 없이 책이 상하지는 않았는지부터 살폈다.

"이 물건도 박사님이 지구에서 가져온 1.5킬로그램에 있던 건가요?"

책에 대해 어떤 말이라도 듣고 싶었지만 박사는 라이카가 성가셨는지 눈짓으로 문을 가리켰다. 나가달라는 뜻이었다. 라이카는 조용히 문 쪽으로 걸음을 옮겼다.

"'닉'이라는 이름은 『오즈의 마법사』의 '니콜라스 초퍼'에서 따온 겁니까?"

문 앞에서 멈춰선 라이카가 물었다.

책에서 눈을 뗀 박사는 결코 들키고 싶지 않은 비밀을 들킨 사람처럼 라이카를 바라보았다.

"읽었습니까? 책을?"

"……."

"소설 속 닉은 마녀의 저주로 팔다리가 잘렸습니다. 처음에는 그 부분만 양철로 만들어 붙이다가 다른 부분들도 차츰 양철로 대체되기 시작했고, 결국에는 양철 인간이 되었습니다. 어떻게 보면 사이보그인 셈이죠. 그 점이 마음에 들었습니다."

"정말 그게 전부입니까?"

박사는 침묵했다.

그를 곤란하게 한 걸까? 잠시 고민했지만 어쩔 수 없었다. 닉의 이름을 따온 진짜 이유가 너무 궁금했다. 한참을 말이 없던 박사가 드디어 입을 열었다.

"내가 알고 있는 어떤 아이와 닮았다고 생각했습니다. 심장을 갖고 싶어 하는 닉이요."

"어떤… 아이였나요?"

*

시설에 맡겨진 순간부터 K는 누군가에게 받아들여지는 것을 포기했다. K는 잘 웃지도 않았고 울지도 않았다. 두려워하는 게 없어서 도리어 사람들을 두렵게 만들었다. 이상하고 소름 끼친다며 사람들은 손가락질했지만 정작 K는 무엇이 문제인지 알 수 없었다. 아이는 그저 자신으로 존재했을 뿐인데, 사람들에게 아이는 '이상한 아이'가 되었다. K도 주변의 시선을 느끼고 자신이 보통 아이들과 다르다는 것을 깨달았다.

K를 감당할 수 없었던 부모는 아이를 시설에 맡겼고, K에게서 섬뜩함을 느낀 시설 사람들 역시 K를 꺼렸다. K는 보통 사람처럼 보이고 싶었다. 보통 아이들처럼 사람들과 함께 섞이길 원했다. 하지만 잘되지 않았다. 스스로 깨닫지 못한 것이 있었기 때문이다. K의 모든 행동은 인정받고 싶다는 욕구에서 비롯되었다. 누군가의 관심이나 사랑이 아닌, 오로지 자기효용성만이 그를 움직이게 했다.

사람들 사이에서 살아가기 위해 K는 몇 가지 방법을 터득했다. 다양한 표정을 익히고 상대방의 표정을 살피며 따라하는 것이었다. 그렇게만 해도 사람들은 조금 관대해졌다.

K는 사람들의 마음을 움직이는 것이 무엇인지 알지 못한 채, 그저 남들을 흉내 내며 유년기를 보냈다. 그런 K에게 가장 편안한 곳은 수학과 과학의 세계였다. 그것은 '사실'로만 이루어진 세계였다. 원인과 결과, 수식과 법칙으로 이루어진 세상. 명확한 답만이 그의 인생에 의미를 주었다.

K는 자라면서 자신에게 어떤 '문제'가 있음을 발견해 냈다. 그것은 누군가를 사랑하고 좋아하는 감정이 무엇인지 잘 이해하지 못한다는 사실이었다. 자신에게 애정을 쏟은 사람이 아무도 없었기에 그런 거라고 애써 생각했다. 하지만 남들보다 공감 능력이 떨어지고 공포나 두려움에 대한 감각이 무딘 이유에 대해서는 도

저히 알 수가 없었다. 스스로를 이해하고 싶어서 심리학 책을 보다가 의학과 신경학 책까지 펼쳐 보게 된 K는 이것이 성격의 결함이 아닌 뇌의 문제이며, 일종의 병이라는 사실을 깨닫게 되었다.

K는 의사를 만나러 갈 때조차 혼자였다. 의사는 K의 뇌 MRI 사진 이곳저곳을 짚어 가며 이야기했다.

"편도체를 포함한 전두측두엽의 기능이 크게 저하되어 있습니다. 이런 문제를 가진 사람들은 두려움을 느끼지 못하는 게 가장 큰 특징입니다. 두려움뿐 아니라 모든 감정적인 자극에 무딘 편이죠."

K는 의사의 표정을 살폈다. 그도 자신과 비슷한 증상을 앓고 있는지 꽤 심각한 이야기를 하면서도 표정에 변화가 없었다.

자신에 대해 알게 되면 될수록 K는 쓸쓸해졌다. 막연하게 어딘가 문제가 있는 것 같다고 생각할 때와 달리, 진단을 받자 정말 결함이 있는 사람이 되어 버렸기 때문이다.

자신의 '문제'를 해결하기 위해 의대에 진학했다. 의사로서의 삶이 시작되었지만 그 삶이 외로움과 권태를 해결해 주지는 않았다. 게다가 그를 거쳐 간 환자들에게서 심심찮게 크고 작은 항의를 받기도 했다. 그의 진료 태도에 대한 내용이었다. 이를 보다 못한 동료 의사는 이렇게 말했다.

"환자의 마음을 등한시하지 마. 이곳에 온 사람들은 몸이 힘든 만큼 마음도 힘든 사람들이야. 그들의 병을 잘 치료하기 위해서는 마음을 들여다볼 필요가 있어."

정확하고 명확한 답이 좋아서 선택한 세계인데 이곳에도 '마음'이 존재했다.

K는 연구실로 숨어들었다. 하지만 그것도 오래가지 못했다. 모두가 그의 연구엔 관심이 있었지만 그에겐 관심이 없었다. 그걸 견디는 건 또 다른 의미로 힘든 일이었다.

K는 이곳 역시 자신의 자리가 아니라고 생각했다. 아니, 이제껏 있어도 된다고 허락받았던 자리가 있었던가? 아무리 생각해도 그런 곳은 없었다.

'그렇다면 나는 어떤 사람이 되어야 할까? 뭘 해야 하는 걸까?'

그때 우연히 공고를 보았다. 휴마누스 3호에 올라탈 우주인을 모집한다는 공고였다.

"우주 비행사?"

한 번도 꿈꿔 본 적 없었지만 새 삶을 시작하기에 우주만큼 적합한 곳도 없을 것 같았다. 프로젝트에 필요한 전문 능력을 갖추고, 뛰어난 판단력과 위기 대처 능력만 있으면 누구나 지원 가능하다고 적혀 있었기 때문이다.

K는 우주 비행사 후보생이 되었다. K가 가지고 있는 의학적 지식과 의사로서의 경험이 큰 이점으로 작용했다. 물론 약간의 변수

도 있었다. 우주 비행사가 되기 위해서는 두 가지 이상의 전공 지식과 기술이 필요했다. 그래서 K는 항공운항학을 공부하기로 했다. 파일럿이 되기 위해 필요한 전공이었다.

이곳에서는 누군가의 마음을 살필 필요가 없었다. 주어진 미션을 수행하고 높은 등수를 유지하기만 하면 그만이었다. 사람들과의 관계도 그다지 중요하지 않았다. 훈련생들 중 대부분은 탈락할 사람들이었고, 무엇보다 이곳은 우정을 쌓는 장소가 아니라 경쟁을 하는 장소였다. K가 최종 선발된 것은 어쩌면 당연한 일인지도 몰랐다.

최종 멤버에 이름을 올린 K는 태어나서 처음으로 사람들에게 동경의 대상이 되었다. 많은 사람들의 인정을 받았고, 많은 이들의 꿈이 되었다. K는 생각했다.

'여기야. 여기가 내가 살고 싶었던 세상이야.'

누구에게도 의미를 남길 수 없었던 아이는 의미 있는 사람이 되기 위해 우주 비행사가 되었고, 의미 있는 일을 하기 위해 우주로 나가기로 결심했다.

*

"저는 외롭고 갈 곳이 없었어요. 지구에는 제 자리가 없었기 때문에 하늘을 올려다보게 됐고, 지금 여기에 와 있는 겁니다."

K박사는 긴 이야기를 마쳤다. 누군가에게 자기 이야기를 한 건 처음이었다. 이런 이야기를 자신이 누군지도 모르는 라이카에게 털어놓고 있다니. 박사는 이 상황이 이상하게 느껴졌다.

이야기를 듣던 라이카는 고개를 푹 숙인 채 미동이 없었다. 지루해서 조는 것 같았다. 박사는 라이카를 깨워 방으로 보내야겠다고 생각했다. 그때 라이카가 고개를 들더니 슬픈 얼굴로 코를 훌쩍였다.

"그 아이… 꼭 떠돌이별 같아요."

라이카는 울고 있었다. 운다고? 왜? 대체 어디가 슬픈 지점이지? 아무리 생각해 봐도 도무지 알 수가 없었다. 박사는 학습한 대로 티슈를 가져다주었다.

"고맙습니다."

라이카와 박사는 나란히 앉아 창밖의 우주 풍경을 조용히 바라보았다.

그때 '콰과광' 하는 소리와 함께 몇 번의 충돌이 느껴지더니 전기가 나갔다. 붉은 경고등이 깜빡이기 시작했다. 지진이 난 듯 우주선 내부가 흔들렸고 그 강도는 점점 거세졌다.

"이게 무슨 일이죠?"

바닥에 엎드린 라이카가 박사에게 물었다. 박사는 기계 오작동으로 닫힌 문을 열기 위해 안간힘을 쓰는 중이었다. 상황을 파악하려면 조종실로 들어가야 했다. 이번에는 경고음이 울렸다.

위험 감지. 위험 감지.
평균 초속 40킬로미터로 접근하는 물체 발견.

"소행성 잔해가 접근하는 중입니다! 조심하세요!"

박사는 우주선 조작 방식을 수동으로 변경해 문을 열고 조종실로 향했다. 그 순간, 우주선 전체가 심하게 흔들리더니 커다란 폭발음이 들렸다. 우주선은 불덩어리에 부딪힌 것처럼 갑자기 환한 빛으로 둘러싸였다.

8.
벨카

그해 여름, 벨카는 기념비적인 두 가지 발견을 맞았다. 하나는 지극히 개인적인 차원의 발견이었고, 다른 하나는 온 인류를 열광하게 만든 거대한 발견이었다.

첫 번째 발견은 도서관에서 이루어졌다. 새로 이사한 곳의 날씨는 온화했다. 하늘과 바다는 늘 푸르고, 넓은 벌판이 펼쳐져 있었다. 인구밀도가 낮아 이웃집에 가려면 벌판과 옥수수 밭을 지나고 작은 목장도 세 개나 지나야 했다. 엄마의 출근에 맞춰 이른 등교를 하는 벨카는 어느덧 한여름의 옥수수만큼이나 키가 부쩍 자라 있었다. 벨카는 학교가 끝난 후에도 그녀의 퇴근을 기다렸다 함께 집으로 돌아가곤 했다. 그렇지 않으면 뜨거운 태양 아래를 2시간쯤 걷거나, 자주 다니지도 않는 트램을 기다려야 하기 때문이었다.

엄마를 기다리는 동안 벨카는 학교 도서관에 틀어박혀 있었다. 우주 비행사를 꿈꾸게 된 후부터 천문학을 비롯한 여러 분야의 과학책을 읽었다. 이해가 되지 않는 내용이 있어도 모든 것을 답해 줄 수 있는 '동방박사'가 있으니 걱정할 게 없었다. 벨카는 도서관에서 우주를 꿈꿨다.

모든 것이 디지털화되었지만 도서관만큼은 여전히 종이책들이 가득했다. 마치 금서를 모아 둔 고대의 비밀 도서관 같았다. 벨카는 그곳에서 보물 같은 책 한 권을 발견했다. 『우주로 여행을 떠난 탐사선들』이라는 책이었다.

'명왕성 탐사선 프라시더스호의 사례'. 벨카의 눈길을 사로잡은 페이지의 제목이었다. 프라시더스호는 과거 시스템 과부하로 인해 통신이 끊긴 무인 탐사선이었다. 하지만 지구에 남은 연구원들은 포기하지 않았고, 계속해서 재부팅 명령 시그널을 보낸 끝에 응답을 받았다고 기록되어 있었다.

엄마는 아빠가 참여했던 휴마누스 3호 프로젝트에 대해 '비정상적일 정도로 너무 빨리 임무를 종료했다'고 입버릇처럼 말했다. 어쩌면 아빠의 우주선도 폭발한 게 아니라 프라시더스호처럼 잠시 신호가 끊겼던 건 아닐까? 통신만 끊겼을 뿐 우주선은 지금도 우주를 유영하고 있는 게 아닐까? 생각이 여기까지 미치자 벨카는 가슴이 두근거려 가만히 앉아 있을 수가 없었다. 벨카는 그 책을 대출해 조심스레 가방에 넣었다.

이 '발견'에 대해서 벨카는 그녀에게 아무 말도 하지 않을 작정이었다. 아빠가 살아 있을지도 모른다고 말하면, 그녀는 힘없이 웃으며 이렇게 대답할 게 뻔했으니까.

"과학자들이 그렇게 비과학적일 거라고 생각하니? 임무 종료를 할 만한 이유가 있었으니 그런 결정을 내린 거란다."

오래전 그녀 자신도 인정하지 못했던 그 말을, 이제는 그녀가 벨카에게 할 것이다.

만약 그녀가 다른 대답을 한다면 아마 이런 말일 것이다.

"헛된 꿈은 꾸지 마. 이미 다 지나간 일이야."

벨카는 휴마누스 3호의 임무가 종료되기까지의 과정을 이해하고 싶었다. 그리고 여전히 야사B 행성을 향해 가고 있을지도 모를 아버지를 만나고 싶었다. 며칠을 고민하던 벨카는 이 두 가지를 가장 빠르게 해낼 수 있는 방법을 찾아냈다. 우주 비행사가 되는 것이었다. 벨카는 우주 비행사라는 단어를 떠올린 후에야 자신이 가족을 두고 떠나 버린 아빠를 이해하고 싶었다는 것과, 아버지이기 이전에 한 인간이었던 그를 궁금해하고 있었다는 사실을 깨달았다.

'어쩌면 만나서 물어볼 수 있을지도 몰라. 나도 당신처럼 우주

비행사가 된다면.'

*

두 번째 발견은 뉴스 속보로 전해졌다. 해질녘, 벨카와 그녀는
저녁 식사를 준비하는 중이었다. '뉴스 속보'라는 커다란 글씨가
텔레비전 화면 가득 떠올랐다.

"목성 근처에서 웜홀이 발견되었다는 속보입니다. 웜홀은 시공
간의 통로라고도 불리는데요, 웜홀의 갑작스러운 출현에 대해 과
학자들조차 믿을 수 없다는 반응입니다. 이 웜홀이 언제까지 존재
할지, 웜홀을 활용하면 정말 시간과 공간을 초월할 수 있을지, 웜
홀의 끝이 닿아 있는 곳이 어디인지에 대해서는 많은 과학자들의
의견이 분분한 가운데……."

그녀는 자신의 귀를 의심했다. 살아 있는 동안 이런 소식을 듣
게 되리라고는 꿈에도 생각하지 못했다. 정확한 경위를 파악하기
위해 휴대폰을 꺼내 든 그녀는 우주청 연구팀과 항공우주국 동료
들, 기자들로부터 셀 수 없이 많은 연락이 와 있는 것을 발견했다.
정말 마법 같은 일이 일어났다고, 그녀는 생각했다.

그날 밤, 벨카는 꿈을 꾸었다. 긴긴 꿈이었다.

별이 떠 있는 까만 밤, 현관문을 열고 집을 나섰다. 눈앞에는 붉은 사막이 끝도 없이 펼쳐져 있었다. 벨카는 사막을 걷기 시작했다. 발을 내디딜 때마다 부드러운 모래가 신발 속으로 들어왔다. 벨카는 신발을 벗고 맨발로 모래를 밟았다. 사막 끝에 걸려 있는 하얀 달이 눈부시게 아름다웠다. 돌아보니 더 이상 집이 보이지 않았다.

사위가 어두워졌다가 금방 다시 밝아졌다. 하늘을 올려다보니 총총한 별들이 한순간에 사라졌다가 한꺼번에 나타나길 반복하고 있었다. 꼭 누군가가 눈을 깜빡거리는 것만 같았다.

'그래, 저것들은 눈이야. 날 지켜보고 있는 수많은 눈.'

하늘은 아빠의 무덤이 아니라고, 아빠는 하늘에서 너를 지켜보고 있다던 엄마의 말을 떠올렸다.

'아빠가 나를 보고 있어.'

학교로 걸어가는 어린 벨카, 집 안에서 한 발짝도 나오지 못하는 벨카, 로켓의 도시에서 초원 위를 달리는 벨카… 겹겹이 쌓인 벨카의 시간은 아빠의 시선 속에 모두 담겨 있었다.

멀리서 별똥별 하나가 떨어졌다. 어린 시절, 아빠와 같이 별똥별을 본 적이 있다. 그때 무슨 소원을 빌었지? 아, 오리온자리 유성우에 우리 가족이 영원히 함께하게 해 달라고 빌었는데…….

벨카의 눈에서 눈물이 툭 떨어져 내렸다. 벨카는 사막 한가운데 주저앉아 하염없이 울었다.

"음음… 음…….”

그때, 따뜻한 바람이 불어와 벨카의 어깨를 감싸 안았다. 그리고 어떤 멜로디가 들려왔다. 북극성과 남십자성을 길잡이 별로 가슴에 품었던 날, 그날 들었던 멜로디였다. 멜로디가 벨카를 이끄는 것만 같았다. 벨카는 눈물을 훔치고 자리에서 일어나 반가운 그 멜로디를 흥얼거리며 천천히 앞으로 나아갔다. 붉은 모래사막을 걷고 또 걸었다.

*

웜홀에 대한 연구가 본격적으로 시작되었다. 과학자들은 웜홀이 다른 행성계와 연결되어 있다는 것을 밝혀냈다. 그리고 고도로 발전한 로켓 기술과 웜홀을 이용하면 휴마누스 3호가 목표로 했던 야사B 행성까지 단 4개월밖에 걸리지 않는다는 사실도 알게 되었다.

휴마누스 3호의 임무 종료 후 중단되었던 탐사 계획이 다시 논의되기 시작했다. 일생을 건 여행을 떠난 우주인들이 행성에 도착해 데이터를 보내는 것이 이전까지의 탐사 계획이었다면, 이제는 웜홀을 이용해 새로운 행성을 밟고 돌아와 직접 생생한 이야기를 전할 수 있게 된 것이다.

폭발 사고로 중단되었던 휴마누스 프로젝트가 다시 시작되려 하고 있었다. 우주청에 근무하는 그녀는 이 모든 과정을 실시간으로 지켜보았다. 웜홀의 끝에 남편이 가고자 했던 야사B 행성이 가까이 있다는 사실을 알게 된 밤에는 잠이 오지 않았다. 간신히 잠재웠던 슬픔과 상실감이 다시 꾸역꾸역 올라오고 있었다. 웜홀에 대한 본격적인 연구와, 웜홀을 버틸 수 있는 우주선 개발이 진행될 거란 걸 그녀는 알고 있었다. 하지만 그녀는 사랑하는 사람을 한 번 더 잃게 될지도 모른다는 사실은 알지 못했다. 상실이라는 악몽이 다시 시작되려 하고 있었다.

그날부터 그녀는 잠을 설쳤다. 선잠이라도 들려고 하면 꿈에 남자가 나타나 몇 번이고 휴마누스 3호의 우주 비행사로 선발되었다고 말했다. 꿈은 계속 반복되었다. 남자는 밥을 먹다가, 화분에 물을 주다가, 잠을 자다 잠꼬대를 하듯이 머나먼 우주로 떠나겠다고 말했다. 시간을 되돌려도 절대 변하지 않을 일이라고 못이라도 박는 것처럼, 그날도 그런 꿈을 꾸고 있었다.

"알겠어! 알겠으니까 제발 그만해! 그래, 네가 그렇게 좋아하는 우주로 가든지 말든지 마음대로 해! 어차피 갈 거면서 왜 자꾸 물어봐!"

그녀는 버럭 소리를 질렀다. 그러고는 놀라 잠에서 깼다. 그녀의 눈앞에는 걱정스러운 표정을 한 벨카가 있었다.

"엄마, 괜찮아?"

"악몽을 좀 꿨어. 별일 아냐. 괜찮아, 괜찮아."

그녀는 다정하게 손을 잡아 주는, 자신보다 키가 커 버린 아들을 다독였다. 벨카는 그런 그녀의 손을 꼭 쥐고 그녀의 눈을 지그시 바라보았다.

"엄마, 나 엄마한테 할 말이 있어."

불길한 예감이 들었다.

"나, 우주 비행사가 되고 싶어. 아빠 같은 우주 비행사. 엄마가 그랬잖아, 휴마누스 4호 프로젝트가 시작될 것 같다고. 그 우주선에 타고 싶어."

벨카의 말을 들은 그녀는 생각했다.

'악몽은 끝난 게 아니었어.'

*

그녀는 벨카마저 우주 비행사가 되고 싶다고 할까 봐 힝싱 두려웠다. 벨카는 남자의 창고 아지트에 자주 틀어박혀 그곳에 있는 책들을 집어삼킬 듯이 읽어 댔다. 그 모습을 볼 때마다 그녀는 불안했다.

'벨카가 아빠를 닮아 가는구나. 언젠가 이 아이도 아빠처럼 우주선에 올라 다시는 지구로 돌아오지 않으면 어쩌지?'

그래서 그녀는 그 창고 아지트를 떠나 새로운 도시로 올 수 있어 다행이라 여겼다. 하지만 새로운 도시는 벨카에게 더 흥미로운 놀잇감을 제공했다. 로켓과 그녀의 연구실, 그녀가 보던 통계와 자료들. 그때의 그녀는 알지 못했다. 이 도시가 벨카의 꿈을 더 거대하게 키울 거란 사실을.

*

벨카는 그녀의 희망을 저버린 채 항공우주공학과에 진학했다. 졸업이 다가오자 파일럿이 되겠다며 다시 비행 학교 입학을 준비하는 벨카를 보면서, 그녀는 더 이상 아이의 꿈을 막을 수 없다는 걸 확신했다. 벨카의 꿈은 날이 갈수록 명확해졌다. 벨카가 꿈에 가까이 다가가는 만큼 그녀와의 거리는 점점 더 멀어졌다. 지금은 한 뼘에 불과한 거리가 언젠가는 지구와 야사B 행성의 거리만큼 멀어질 거란 걸, 그녀는 경험으로 알고 있었다. 남자도 그랬으니까.

그녀는 벨카의 졸업식에 참석하지 않았다. 그 대신에 남자가 지구를 떠나기 전 마지막으로 남긴 편지를 찾아보았다. 편지의 끝에는 '잘 있어. 곧 다시 만나.' 라고 쓰여 있었다. 그녀의 마음이 덜아프길 바라며 쓴 말이겠지만, 그래서 더 잔인했다. 언젠가는 다시 만날 수 있을 것처럼 희망을 주는 건 그녀에게 아무런 도움이 되지 못했다.

"돌아올 게 아니라면 이런 이야기는 하지 말았어야지. 나중에 만나? 어디서 만나? 천국에서? 당신… 양심이 있으면 아들만은, 내 아들만은 데려가지 마. 벨카는 안 돼. 저 아이마저 빼앗길 수는 없어."

그녀는 편지를 끌어안고 나지막이 중얼거렸다. 졸업장을 보여주려던 벨카가 문 밖에서 듣고 있다는 사실도 모른 채.

벨카는 조용히 돌아섰다.

"엄마, 난 그 사람을 알고 싶어요. 그래야 나 자신도… 알 수 있을 것 같거든요."

2년 뒤, 벨카는 결국 항공우주국 소속 파일럿이 되었다.

*

웜홀이 발견되고 7년이 흘렀다. 드디어 휴마누스 4호에 올라탈 우주 비행사를 모집한다는 소식이 발표되었다. 휴마누스 3호를 발사한 지 20년이 지난 시점이었다. 달라진 게 있다면 이번에는 '탐사 후 3년 이내 귀환'이라는 단어가 포함되어 있다는 사실이었다. 세상은 더 크게 열광했다. 그녀는 이 풍경이 익숙했다.

'그때랑 똑같아. 하나도 변하지 않았어.'

며칠 후 그녀는 벨카가 이 프로젝트에 지원했다는 이야기를 들었다. 그녀는 아들의 결정을 꺾을 수 없다는 걸 알았다. 남편과 아들은 서로 지독할 만큼 닮아 있었기 때문이다. 벨카 역시 그녀를 남겨 둔 채 지구의 중력을 벗어나려 하고 있었다.

9.
라이카

라이카는 끝을 알 수 없는 어둠 속에 있었다. 발밑은 허공이었다. 라이카는 우주복에 연결된 생명선과 산소통에 의지한 채 방금 전까지 타고 있던 우주선을 바라보았다. 열려 있는 에어로크와 우주선 밖으로 막 발을 내딛는 K박사가 보였다. 음성 수신기에서는 박사의 목소리가 들렸다.

"우주유영 어때요? 괜찮습니까?"

"해 볼 만한 것 같습니다."

"익숙할 겁니다. 우린 수많은 훈련을 거쳤으니까요. 자, 저쪽으로."

박사가 라이카를 앞서가며 말했다. 라이카는 언젠가 수영을 하며 바닷속을 누볐을 때의 자유로운 감각을 떠올렸다. 두 사람은 우주선 외벽에 있는 손잡이를 잡고 천천히 움직였다.

"여깁니다."

박사가 공구 상자를 열었다. 라이카는 그중에서 무엇을 써야 할지 본능적으로 알 수 있었다. 라이카는 상자 안에서 떠오르는 도구 중 하나를 잡고 박사가 가리키는 기계장치 쪽으로 몸을 기울였다. 전원이 나간 패널을 체크하고, 파손된 부분의 부품을 바꿔 끼웠다. 두 사람의 협업은 물 흐르듯 자연스러웠다.

"시스템 재부팅합니다. 통신 장치와 레이더 작동 확인."

붉은 등이 들어와 있던 기계장치의 상태 표시등이 파란색으로 바뀌면서 우주선이 작동을 재개했다.

"시스템 복구 완료."

"좋습니다. 우주선으로 돌아갑시다."

박사가 에어로크 쪽을 가리키며 말했다. 그러나 라이카는 우주 공간을 바라보고 있었다.

"되도록 그쪽은 보지 마세요. 공허에 맞서는 건 위험합니다."

그러나 박사가 말한 공허는 별들로 가득했다. 저마다의 빛을 발하며 반짝이는 별들. 라이카는 감탄했다. 이렇게 고요하고 또렷한 반짝임이라니…….

"아름… 답다…….."

우주공간에 몸을 맡긴 채 두둥실 떠 있는 라이카는 끝을 알 수 없는 이 공간이 어디까지 펼쳐져 있을지, 얼마나 많은 별들이 있을지 도무지 가늠하기 힘들었다.

그때였다. 또다시 그 노랫소리가 들려왔다. 저 멀리 어딘가에서, 빨려들 듯한 어둠의 저편에서.

"으음… 으으음……."

라이카는 귀를 기울였다.

'어디지? 어느 쪽일까?'

소리를 찾아 두리번거렸다. 소리의 시작점, 저 멀리 사람의 뒷모습이 희미하게 보이는 것 같았다. 남자아이…? 아니 성인 남자인가? 혹시 꿈에 나왔던 그 사람? 라이카는 그의 얼굴을 보기 위해 노랫소리가 들리는 쪽으로 나아갔다.

멀리 보이는 그를 향해 손을 뻗었다.

'돌아봐. 제발 한 번만 돌아봐 줘. 네가 누군지 알고 싶어.'

애가 탔다. 라이카의 머릿속에는 더 이상 그를 혼자 둘 수 없다는 생각만 가득했다.

"멈춰! 명령이다! 멈춰!"

우주선으로 복귀하던 박사는 라이카가 경로를 이탈해 자신과 8미터쯤 떨어진 우주공간에 혼자 있는 것을 발견했다.

"임무 완료, 임무 완료! 우주선으로 복귀하라!"

음성 수신기에서 박사의 목소리가 흘러나왔지만 들리지 않는지 라이카는 점점 더 멀어지고 있었다. 그러나 라이카의 우주복에 연결된 생명선이 한계까지 팽팽해져 더 이상 그도 나아갈 수 없었다. 그 사이 형체는 다시 저만치 멀어지고 있었다.

'여기에 묶여 있으면 나는 네가 누군지 알 수 없어, 영원히.'

라이카는 우주복과 생명선이 연결된 부분을 찾았다.

"안 돼!"

뒤따라온 박사가 라이카를 겨우 붙잡았다. 라이카의 산소통에 경고등이 켜졌다.

산소 부족. 산소 부족.

"가지 마! 가지 마!"

"진정해요. 호흡을 안정시켜야 합니다. 천천히, 천천히 숨을 내쉬세요!"

박사는 라이카를 붙잡고 다시 우주선으로 돌아가려 애썼다. 그러나 누군가를 따라가려 허우적대는 그를 혼자 감당하는 건 쉬운 일이 아니었다.

산소 부족. 산소 부족.

경고등이 깜빡거렸다. 이제 산소는 채 5퍼센트도 남지 않았지만 돌아가야 하는 거리는 10미터가 넘었다. 시간이 없었다. 지금이라도 빨리 돌아가지 않으면 라이카는 질식사하고 말 것이다. 박사는 그를 우주선으로 데려가기 위해 안간힘을 썼다.

*

"정신 차리세요!"

라이카는 K박사의 외침에 간신히 눈을 떴다. 여전히 숨 쉬기가 어려운지 호흡이 가빴다. 머리가 핑 돌았다.

"심박수 불안정. 안정을 요합니다."

라이카의 상태를 확인하던 닉이 말했다.

"자, 침착하게 심호흡해야 해."

닉의 차가운 손가락이 이마에 닿자 라이카는 조금씩 진정이 되는 것 같았다.

"정신이 나갔습니까?"

라이카의 의식이 돌아오자 박사는 호통쳤다. 그러나 라이카는 아랑곳하지 않고 숨을 고르더니 천천히 자리에서 일어나 창가로 다가갔다. 아직도 그 형체가 거기 있는지 확인해야 했다. 초점 없는 눈으로 창밖의 어둠을 응시하며 라이카가 말했다.

"사람이… 사람이 있었어요."

"사람?"

박사는 어이가 없다는 듯 되물었다. 산소 부족 상태에서 환상을 본 게 틀림없었다. 일종의 섬망5 증상일 것이다.

"꿈속에서 들었던 노랫소리가 들리고, 어떤 사람을 봤는데… 그도 저를 보는 것 같았어요."

"그리고요?"

"벨카. 벨카라는 이름이 떠올랐습니다."

벨카? 벨카라… 박사는 라이카가 이제껏 한 번도 꺼내지 않았던 이름이란 걸 깨닫고 차트에 기록하기 시작했다.

"벨카? 우주로 나갔던 우주견을 말하는 겁니까?"

"아니요, 아닙니다. 제가 본 건 개가 아니라 사람이었어요……."

박사는 오래전 스트렐카와 함께 우주로 나갔던 우주견 벨카를 떠올렸다. 하지만 라이카는 사람을 봤다고 똑똑히 말했다. 라이카의 기억 속에 잠들어 있는 '벨카'는 과연 누굴까? 박사는 '벨카'라는 이름이 라이카의 기억을 깨울 수 있는 중요한 단서일 거라고 확신했다.

"더 이야기해 보세요."

하지만 라이카는 극심한 두통을 느끼고 주저앉고 말았다. 기나

---

5 인지기능 저하가 동반되는 의식 장애로, 급격한 감정 변화와 혼돈, 환각, 손 떨림 등이 주된 증상이다.

긴 동면과 우주유영, 그리고 갑자기 떠오른 어떤 이름. 그가 혼란스러워하는 건 당연했다. 박사는 그에게 잠시 시간을 주기로 했다.

"우선은 휴식을 취하고 나중에 더 구체적으로 얘기해 보죠. 하지만 앞으로는 절대 독단적으로 행동하지 마십시오. 무슨 일이 생기면 제게 먼저 보고해야 합니다."

"네, 알겠습니다."

박사는 잠시 망설이다 일어나기 힘들어 하는 라이카에게 손을 내밀었다.

"괜찮습니다. 혼자… 할 수 있어요."

그러나 라이카는 계속 비틀거렸고, 결국 박사와 닉에게 의지해 방으로 이동했다. 박사는 닉에게 오늘 밤 라이카를 잘 살피라고 지시한 후 말했다.

"우리는 아주 중대한 미션을 수행하고 있다는 걸 잊지 마십시오. 마음대로 죽는 건 허락하지 않습니다."

라이카가 뭐라 대답하기도 전에 박사는 방을 빠져나갔다.

"그냥 걱정된다고 하면 되는데. 인간은 말을 너무 어렵게 해."

닉이 중얼거렸지만 라이카는 노래를 부르며 외롭게 서 있던 벨카가 누구인지, 자신과 어떤 관계인지, 그것만이 궁금할 뿐이었다.

10.
벨카

"미션명 벨카. 오늘부로 휴마누스 4호 프로젝트의 우주 비행사
로 선발되었습니다. 잘 부탁드립니다."

최종 선발된 우주 비행사들에 대한 소식은 각종 매스컴을 통해
세상에 알려졌다. 벨카는 프로젝트 후보생으로서 3년 동안 고된
훈련을 견디며 세 번이나 탈락을 맛보았지만 도전을 멈추지 않았
다. 벨카를 마지막으로 휴마누스 4호에 올라탈 다섯 명의 우주인
들이 모두 결정되었다. 이들은 각기 다른 두 개의 학문을 전공했
고, 몇몇은 이미 우주정거장에서 임무를 수행한 적이 있는 전문가
들이었다. 벨카는 항공우주공학과 항공운항학을 전공했다.

최종 선발 인원이 발표된 날 밤 간소한 파티가 열렸다. 파티의
시작을 알리는 배지 수여식이 막 시작되려 하고 있었다. 수여식에

초대된 우주인의 부모들은 자랑스러운 아들과 딸의 가슴에 별과 로켓 모양의 황금 배지를 달아 주었다. 하지만 벨카의 가족은 아무도 참석하지 않았다. 아빠는 올 수 없었고, 엄마는 오지 않았으니까. 벨카는 반짝이는 황금 배지를 손수 달며 생각했다.

'아버지, 당신도 오래전 이 자리에서 이 빛나는 꿈의 조각을 가슴에 달았을까요?'

여섯 살이었던 꼬마는 어느덧 성장해 오래전 이곳에 서 있었을 아버지를 그렸다.

'이제는 내가 아버지와 같은 출발선에 선 거야.'

벨카는 가슴에 단 배지가 꼭 남반구와 북반구 하늘을 지키는 길잡이 별들을 닮았다고 생각했다.

*

벨카는 파티 장소에서 빠져나와 기념관으로 향했다. 어둠에 잠긴 복도의 양옆으로 우주인들을 기리는 물건들이 전시되어 있었다. 사진, 각종 메달과 훈장, 그들이 입었던 우주복 등이 전시된 모습은 중세 기사의 갑옷이 전시된 박물관을 연상시켰다.

아버지를 찾는 일은 그리 어렵지 않았다. 우주복 대신 훈련복이 전시된 자리를 찾기만 하면 됐다. 휴마누스 3호 프로젝트는 지구로 귀환하지 않는 것을 상정했으므로 다른 우주 비행사들처럼 미션 때 입었던 우주복을 놓기란 불가능했다. 아버지의 훈련복 아래에는 하얀 조화로 꾸며진 화환이 놓여 있었다. 순직한 모든 우주인들의 이름 앞에 놓인 화환이었다. 벨카는 아버지의 화환 아래 있는 석판 글씨를 유심히 들여다봤다.

휴마누스 3호. 소행성 충돌에 의한 폭발로 미션 종료.

미션 스페셜리스트. 미션명 라이카.

우주에서 잠들다.

벨카는 유리관을 쓰다듬었다. 드디어 아버지를 가까이에서 만나는 것 같은 느낌이 들었다. 누군가는 이곳에서 자신의 아버지나 어머니, 혹은 자식의 업적을 보고 뿌듯한 웃음을 지을 것이었다. 은퇴한 우주인에게는 추억을 회상하는 공간이 될 수도 있을 터였다. 하지만 벨카에게 이곳은 오로지 애도의 공간일 뿐이었다.

"아버지, 당신을 기억하기 위해 여기까지 왔어요. 저도 당신의 흔적을 따라, 같은 궤도에 올라 당신을 향해 가고 싶어요. 나의 로켓맨, 나의 아버지."

벨카는 항상 아버지가 어떤 마음으로 우주선에 올랐을지 궁금했다. 많은 사람들이 그를 향해 박수를 쳤지만 그것도 먼 옛날의 일이었고 지금 이곳에는 빛바랜 영웅만이 남아 있었다. 하지만 벨카에게는 영원으로 기억되는, 먼 곳에서 빛나는 별이 된 사람이었다.

"당신 같은 사람이 되고 싶어요. 당신의 흔적이 있는 곳. 여기가 당신 궤도의 시작점이니까요."

*

우주 비행사가 된 후 벨카는 곧장 기록 보관소의 출입증을 받으러 갔다. 기록 보관소는 항공우주국의 모든 기록물들을 모아 둔 박물관 같은 곳이었다. 우주 비행사들의 인적 사항과 그들에게 주어진 미션, 그 미션을 수행하는 과정에 있었던 일들까지 모두 기록되어 있었다. 그렇기 때문에 관계자만 출입할 수 있도록 철저하게 통제되는 곳이기도 했다.

이 문 뒤에 어떤 진실이 숨어 있을지, 아버지에 대한 단서가 있을지 궁금했다. 엄마는 늘, 휴마누스 3호 프로젝트가 비정상적으로 너무 빨리 임무를 종료했다고 말했다. 당시의 소란했던 뉴스를 떠올리자 기대감과 걱정이 한꺼번에 몰려왔다. 어쩌면 여기서 아버지 행적의 마지막 퍼즐을 찾을 수 있을지도 몰랐다.

아이디카드를 인증하자 철컥, 문이 열렸다.

기록 보관소 내부는 생각보다 단순했다. 이 공간을 채우고 있는 것은 오직 컴퓨터뿐이었다. 자료를 찾는 방식은 도서관과 비슷했다. 원하는 자료가 있으면 검색하고, 위치를 파악한 뒤 그 자료에 접근하는 방식이었다.

벨카는 '휴마누스 3호'를 검색해 보았다. 두 개의 파일이 검색되었다. 첫 번째 파일을 클릭하자 이미 알고 있는 공식적인 발표 자료들이 나왔다. 다음 파일을 클릭하자 화면에 경고창이 떴다.

2등급 보안.

보안 등급 인증이 필요한 문서입니다. 아이디카드를 인증하세요.

항공우주국에서 철저하게 보호하고 있는 정보. 그건 뭘까? 여기에는 그 누구도 알면 안 되는 어떤 진실이 있는 건 아닐까? 인명 피해까지 있었던 휴마누스 1호와 2호에 대한 기록은 모두 공개되어 있으면서 어째서 3호에 대한 건 공식 발표 자료를 제외한 모든 것이 보안 사항인 걸까?

'휴마누스 3호 프로젝트에 뭔가 있는 게 확실해.'

의혹이 깊어졌다. 벨카는 자신의 아이디카드를 인증했다.

2등급 보안 해제.

열람이 가능합니다.

이 자료를 보기 위해 여기까지 왔다. 심장이 두근거렸다. 잠시 후 파일 속 자료들이 화면에 떠올랐다.

"이게 다 뭐지?"

프로젝트의 시작부터 종료까지의 모든 사항이 세세히 기록된 자료였다. 너무나도 방대해서 모두 읽고 소화하려면 시간이 얼마나 필요할지 가늠이 되지 않을 정도였다. 벨카는 두 눈을 질끈 감았다. 이 안에 진실이 있는 게 분명했다.

그날부터 벨카는 일과가 끝나면 기록 보관소로 달려와 자료들을 하나하나 독파해 나가기 시작했다. 진실에 가닿을 때까지 멈추지 않을 작정이었다.

*

기록 보관소에 드나든 지 한 달이 되던 날, 드디어 벨카는 유의미한 자료를 찾는데 성공했다. 자료의 제목은 '휴마누스 3호 임무 종료에 대한 최종 보고'였다.

휴마누스 3호에는 우주인 두 명과 미션 로봇 닉이 함께 탑승했다.

미션 로봇에 대한 이야기는 어디에서도 들어 본 적이 없었다. 하지만 어느 정도 납득이 가는 부분이었다. 길고 긴 우주여행 중 동면에 든 인간의 상태를 살피고, 우주선의 시스템을 관리할 인공 지능의 존재는 당연하다는 생각이 들었기 때문이다. 벨카는 계속 보고서를 읽어 나갔다. 그렇게 한참을 읽다가, 어느 한 부분에서 시선이 멎었다.

8월 8일. 휴마누스 3호 발사.

12월 22일. 명왕성 궤도에서 실종. 통신 두절. 시스템 재부팅 명령 시그널에 반응 없음.

1월 14일. 소행성 충돌에 의한 폭발로 추측. 임무 종료.

"폭발로 추측…?"

희망이 조금씩 움텄다. 문서에는 상상도 못했던, 믿을 수 없는 이야기들이 가득했다. 그중에서도 가장 놀라운 것은 의학 연구 단체와 제약 회사 그리고 정부가 관여한 어떤 실험에 대한 것이었다. 어쩌면 그 우주선에 탑승한 당사자도 알지 못했을, 숨겨진 미션. 벨카는 그 진실들과 마주하고 있었다.

"이번 프로젝트는 단순히 대안 지구를 찾는 것에만 목적이 있지 않다…? 휴마누스 3호 프로젝트에 투입된 전체 예산 중 민간

기업의 지분은 70퍼센트를 넘겼으며 이들 민간기업 중 대부분은 의학, 제약 계열과 관계가 있다…?"

*

휴마누스 4호 프로젝트가 차근차근 진행되고 있을 때 또 하나의 사건이 발생했다. 야사B 행성 근처에서 지구를 닮은 행성 '아시모프'가 발견된 것이다.

항공우주국은 여러모로 혼란스러웠다. 휴마누스 4호의 목적지를 아시모프로 변경해야 한다는 주장이 잇따르고 있었기 때문이다. 아시모프 행성은 야사B 행성보다 한 달가량의 여행 기간이 더 필요했지만 충분히 도전해 볼 법한 행성이었다. 많은 과학자들이 두 행성 중 무엇이 지구와 더 닮았는지, 어느 곳이 인간이 정착하기에 더 적합한지 논의했다. 정확한 데이터를 모으기 어려웠으므로 가설이 대부분이었지만 모두 다 중요하고 그럴 듯해 보였다.

선발된 우주인들 사이에서도 입장이 갈렸다. 벨카는 당연히 원래 계획대로 야사B 행성을 주장했다. 과학적 근거를 들었지만 본심은 따로 있었다. 아버지가 그토록 닿고자 했던 목적지는 아시모프가 아닌 야사B 행성이었으니까. 어쩌면 아버지의 우주선이 아직 그곳을 향해 가고 있을지도 모르기 때문이었다. 전세계 과학자들이 모여 의논한 끝에 아시모프 행성과 관련된 새로운 팀이 꾸려졌다. 덕분에 휴마누스 4호 프로젝트의 목적지는 변하지 않았다.

우주선 발사일이 점점 다가오고 있었다.

*

마침내 우주선이 발사되는 날, 우주인들의 이름이 하나하나 호명되었다. 기념사진을 찍고 짧은 기자회견을 가졌다. 벨카는 플래시 세례를 받으며, 오래전 이 자리에 섰을 아버지를 생각했다. 그리고 그 모습을 바라보았을 엄마를 떠올렸다.

'엄마…….'

지금 엄마도 여기 와 있을까? 이 모습을 보고 있을까? 벨카는 수많은 사람들 사이에서 그녀의 모습을 찾았지만 어디에도 보이지 않았다. 그때 벨카에게 마이크가 넘어왔다. 동료들은 마이크를 쥐고 한동안 멍하니 있는 벨카를 이상한 눈으로 바라보았다. 벨카는 급히 현실로 돌아와 인터뷰에 응했다.

"이번 프로젝트는 휴마누스 프로젝트의 정신을 계승해 야사B 행성 탐사를 목표로 합니다. 미션은 지난 프로젝트와 동일합니다. 다만 우주선으로 가면 200년이 걸리는 거리를 단 4개월 만에 날아가 탐사를 진행한 후 3년 안에 귀환하고자 합니다."

"그게 어떻게 가능한 걸까요?"

기자가 물었다. 새로운 결과를 위해서는 언제나 새로운 접근이 필요한 법이었다.

"시공간을 구부리고 찢을 수 있다면 지름길로 갈 수 있습니다. 바로 웜홀을 통해서요. 『이상한 나라 앨리스』에서 앨리스가 빠졌던 구멍과 비슷합니다. 앨리스도 웜홀을 통해 다른 시공간으로 이동한 거라 생각하시면 이해하기 쉬울 겁니다. 휴마누스 4호는 10년 전 목성 근처에서 발견된 웜홀을 이용할 예정입니다. 우리는 웜홀을 이용하는 최초의 인류가 될 것이며 우리 태양계를 넘는 최초의 인류가 될 것입니다."

이번에는 기자들이 위험한 미션에 동참하게 된 소감을 물었다. 대원들이 한 명 한 명 답했다. 모험에는 위험이 따르지만 새로운 성취를 위해서는 용기가 필요한 법이라고, 우리는 지금 이 지구에서 가장 용기 있는 사람이라고, 대원들은 그렇게 말하며 웃었다.

마지막으로 이들은 카메라를 보며 경례했다. 지구에 있는 모든 사람들에게 보내는 경례였다. 그들이 우주선에 오르는 모습이 전 세계로 생중계되고 있었다. 벨카는 이 방송을 보고 있을 엄마를 생각하며 카메라를 향해 장난꾸러기 같은 미소를 지어 보였다.

'엄마 다녀올게. 나는 반드시 돌아올게.'

"우리는 우리 행성과 이곳의 모든 거주자들이 이 방대한 우주의 작은 일부에 지나지 않는다는 사실을 잘 알고 있습니다. 다만 겸손과 희망으로 이 한 발을 내딛습니다."

카운트다운을 하기 전, 지구연합 항공우주국에서는 과거 골든레코드[6]에 실렸던 쿠르트 발트하임의 말을 인용해 공식 입장을 발표했다. 골든레코드를 실은 보이저호가 기나긴 우주여행을 떠날 때 새긴 말이었다.

카운트다운이 끝나자 우주선은 열기를 뿜으며 날아올랐다. 사람들은 이번에도 우주선이 보이지 않을 때까지 손을 흔들었다.

그녀는 우주선이 잘 보이는 먼 바닷가에 서서 홀로 그 모습을 지켜보고 있었다. 멀어져 가는 우주선을 보며, 두 손을 모아 기도했다. 아들이 꼭 돌아올 수 있게 해 달라고.

야사B 행성으로의 여행이 마침내 시작되었다.

---

6 지구의 문명과 생명의 흔적을 소개하는 도금 LP. 외계 생명체에게 지구를 소개하기 위한 목적으로 만들어져 1977년 보이저 1호와 2호에 실려 우주로 나갔다.

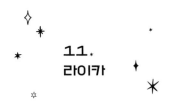

11.
라이카

"박사님! 저기 지구가 보입니다."

라이카는 저 멀리 조그맣게 보이는 푸른 행성을 응시하고 있었다. 육안으로는 작은 점처럼 보였지만 행성의 푸른빛은 눈에 띨 만큼 환하게 빛났다. 마치 초록색 유리구슬 같았다.

"우리가 지구로 되돌아온 게 아니라면, 저건……."

"새로운 행성이겠죠. 드디어 도착했어요! 야사B 행성에!"

K박사는 컴퓨터로 행성의 모습을 확대했다. 라이카의 말처럼 정말로 지구를 닮은 별이었다. 저 별에 닿기 위해 거쳐온 날들이 뇌리에 스쳤다. 두 사람은 그토록 바랐던 그 순간을 현실로 맞이하고 있었다.

"너무 아름다워요. 새까만 우주에 외롭게 떠 있는 별. 마치 고독한 항해를 하는, 보석으로 만든 배 같아요!"

라이카는 초록과 파랑이 어우러진 행성을 보며 드디어 새로운 해답을 찾았다고 생각했다. 저 별은 라이카와 박사에게, 그리고 그들의 미션이 성공하길 기다린 모든 지구인들에게 반가운 소식을 전해 줄 것이다.

우주선은 점점 행성과 가까워지고 있었다. 초록이 짙은 초록으로, 파랑이 검푸른 남색으로 시야를 채울 때쯤 경고음이 울렸다.

"생각보다 대기저항이 약하군요."

조종간을 잡은 박사가 당황한 기색으로 말했다. 우주선이 예상보다 빠른 속도로 행성의 표면과 가까워지고 있었다.

"그럼 어떡하죠?"

"자동항법장치를 잠시 멈춥시다."

"그럼 그대로 추락……."

"멈추세요!"

박사의 명령에 따라 자동항법장치를 멈추자 우주선의 모든 전등이 꺼졌다.

"이대로 정말 괜찮은 건가요?"

"서클링 랜딩을 시도합니다."

"네? 그게 무슨……."

"선회해서 착륙하겠다는 말입니다."

라이카는 상황을 이해할 수 없었지만 일단 설정값을 입력했다.

"하강 속도가 안전 임계치를 넘었습니다!"

"제 신호를 기다리세요!"

우주선은 빠른 속도로 하강하기 시작했다. 깡통 로봇 닉은 우주선 안을 굴러다니며 여기저기 부딪히고 찌그러졌고, 두 사람은 사력을 다해 행성의 중력가속도를 버티고 있었다.

"박사님 너무 무모해 보입니다!"

"주어진 미션이 있는 한 결코 포기란 없습니다."

빠르게 하강하던 우주선은 왼쪽으로 방향을 튼 후 다시 상승했다. 그렇게 한동안 상승하는가 싶더니 어느 순간 사선으로 다시 하강하기 시작했다. 저 멀리 에메랄드빛에 가까운 푸른 호수가 보였다. 초원 쪽으로 방향을 튼 우주선은 빠르게 지면과 가까워졌다.

"착륙합니다!"

우주선은 초원 끝까지 밀려가 거대한 암석 절벽에 꽝음을 내며 충돌하고 말았다. 우주선에서 뭉게뭉게 연기가 피어올랐다.

2장

야사B 행성에서

1.
벨카

초록 벌판 한가운데 착륙한 우주선의 문이 빼꼼 열렸다. 열린 문틈으로 빛이 새어 들어왔다. 벨카는 눈을 감았다가 천천히 떴다. 실눈으로 바라본 행성의 풍경은 지구와는 너무나 달랐다. 초록과 노랑이 뒤섞인 초원, 투명한 푸른빛이 감도는 바위, 반짝이는 물웅덩이… 야사B 행성은 신비로운 것으로 가득한 식물의 행성이었다. 사락사락 풀잎에 스치는 바람 소리가 벨카의 귓가를 간지럽혔다.

"탐사 로봇을 먼저 내려보내도록 하죠."

대원의 말이 끝나자 탐사 로봇 하나가 성큼성큼 벨카에게 다가왔다. 로봇은 우주선 창밖을 한번 둘러본 후 벨카의 명령을 기다렸다.

"내려가서 우리가 탐사를 해도 되는지 한번 봐 줄래?"

벨카의 말이 끝나자 로봇은 지상으로 연결된 나선형 계단을 내려갔다. 그러고는 망설임 없이 대지 위로 발을 디뎠다. 새로 도착한 행성에 인간보다 먼저 발자국을 찍은 로봇은 한참 동안 풀밭을 돌아다니다가 돌아와 말했다.

"이상 무. 이상 무."

"고마워."

대원들도 우주선 계단을 내려갔다. 그리고 마지막 계단에서 잠시 멈춰 섰다. 웜홀을 통과해 야사B 행성에 발자국을 찍은 최초의 인류가 되었다는 사실에 가슴이 벅찼다. 다섯 명의 대원들은 일렬로 서서 눈짓을 주고받고는 서로 손을 맞잡았다.

"지금부터 우리는 야사B 행성에 인류 최초의 발자국을 찍습니다. 한 인간에게는 작은 한 걸음이지만, 인류에게는 위대한 도약이 될 것입니다.[7]"

벨카와 대원들은 드디어 행성을 향해 한 걸음 내디뎠다. 부드러운 대지가 그들을 환영하듯 바스락 소리를 냈다.

"우리는 이 행성을 존중합니다. 이곳의 자연을 해치지 않을 것

---

7 One small step for a man, one giant leap for mankind. 1969년 인류 최초로 달에 발을 디딘 닐 암스트롱이 한 말.

을 다짐하며 탐사를 시작합니다."

벨카는 품에서 작은 기계장치 하나를 꺼냈다. 언뜻 보면 꼭 꽃씨 같았다. 다른 이들이 벨카 주위로 동그랗게 모였고, 한 사람은 지구로 전송할 영상을 촬영하기 위해 카메라를 들었다.

"그럼 내려놓겠습니다."

벨카는 대지에 기계를 내려놓았다. 작은 씨앗을 심는 것처럼 조심스러운 손길이었다. 얼마 지나지 않아 꽃씨에서 싹이 움트듯 영상이 피어났다. 영상은 점점 커지고 선명해지더니 이윽고 지구연합국을 상징하는 커다란 홀로그램 깃발이 되었다. 대원들은 모두 환호했다.

"몸이 공중으로 떠오르는 것 같아."

누군가가 말했다. 정말로 그랬다. 야사B 행성의 중력은 지구보다 약해서 살짝만 뛰었을 뿐인데도 몸이 쉽게 떠올랐다. 마치 어릴 적 트램펄린 위에서 뛰어노는 것처럼.

다섯 명의 어른들이 초록과 노랑이 넘실대는 벌판에서 파란 하늘 위로 솟아올랐다 내려오기를 반복하고 있었다. 햇살은 따뜻했고, 바람은 온화했다. 모든 것이 그들을 위해 존재하는 것 같았다. 그러는 동안에도 홀로그램 깃발은 바람에 펄럭이고 있었다.

"이렇게 신나게 뛰어 본 거 너무 오랜만이다."

벨카가 처음 보는 키 큰 식물들 사이에 자리를 잡고 앉았다. 그러자 식물에 가려 벨카의 모습이 보이지 않았다. 손목에 찬 기계 장치를 바라보자 인공위성이 수집한 행성 관련 정보가 공중에 떠올랐다.

"하루는 35시간. 1년은 520일……."

벨카는 과거 아버지가 닿고자 했던 곳에 자신이 와 있음을 다시 한번 실감했다. 그때 어디선가 경고음이 들려왔다.

경고. 경고.

벨카는 자리에서 일어났다. 벌판 곳곳에 흩어져 있던 대원들도 하나둘 풀숲에서 고개를 내밀었다. 대원 한 명이 다급한 목소리로 말했다.

"대기 성분 분석 중 이상 현상을 발견했습니다."

이 말을 하는 와중에도 기계는 계속 경고음을 울리고 있었다.

"이상 현상? 보고하세요."

"모항성[8]으로부터 날아온 방사선과 자외선이 허용 기준을 초과합니다."

모두 다 말이 없었다. 벨카는 무언가 잘못됐다는 사실을 깨달았

---

8 하나 이상의 행성을 거느리는 항성.

다. 지상 낙원처럼 평화로워 보이는 이곳은 어쩌면… 어쩌면…….

"지금부터 우주선을 베이스캠프로 삼고 탐사를 진행하겠습니다. 멀리 이동할 시에는 텐트형 방사능 대피소를 휴대하도록 하고, 탐사를 할 때는 반드시 우주복이나 보호복을 착용하도록 합니다."

벨카가 최대한 침착하게 말했다. 대원들은 우주선 쪽으로 걸음을 옮겼다. 벨카와 탐사 로봇이 마지막으로 우주선에 오르자 철컹, 커다란 쇳소리를 내며 우주선의 문이 닫혔다.

*

톡, 토독토독, 톡, 톡톡…….

모두가 잠든 한밤중, 벨카는 우주선 천장에서 나는 소리를 듣고 잠에서 깼다.

'대체 무슨 소리지?'

우주 생명체 같은 것이 우주선 위를 걸어 다니는 걸까? 하지만 낮에 봤을 때 이곳에는 분명 식물밖에 없었다.

벨카는 창문의 가림막을 올렸다. 암녹색으로 물든 밤의 벌판과 함께, 창문에 닿아 흘러내리는 물방울이 보였다.

"비야. 비가 와."

비는 아주 느린 속도로 떨어지고 있었다. 마음만 먹는다면 떨어지는 빗방울의 개수도 헤아릴 수 있을 듯했다. 이 또한 행성의 중력이 약한 탓이었다. 벨카는 우주복을 입고 밖으로 나섰다. 벌판에 서서 하늘을 올려다보았다. 우주복 위로 떨어져 흘러내리는 빗방울에 푸른빛이 어려 있었다.

그때, 풀숲에서 무언가 움직였다. 이곳에 사는 생명체인가 싶었지만 아니었다. 사람이었다. 우주복을 입은 사람. 그러나 벨카의 일행은 아니었다. 그렇다면 대체 누굴까? 벨카는 그 사람의 뒤를 쫓았다. 이상하게도 위험한 느낌은 들지 않았다. 그는 가까워졌다가 멀어지기를 반복했다. 금방 따라잡을 줄 알았는데 좀처럼 거리를 좁힐 수가 없었다. 혹시 꿈인가? 그래, 어쩌면 꿈일지도 몰랐다.

어느덧 비가 그치고 달이 떴다. 보랏빛 달은 지구에서 보는 것보다 다섯 배쯤 큰 것 같았다. 얼마나 걸었을까. 벨카의 눈앞에 은백색의 신비로운 숲이 나타났다. 크리스마스트리 같은 은빛 가지와 잎사귀 덕분에 밤인데도 세상은 밝게 빛나고 있었다.

앞서가던 그가 언덕을 오르기 시작했다. 벨카도 그를 따라 언덕을 올랐다. 옆으로는 레드와인처럼 붉은 냇물이 흐르고 있었다. 갑자기 그가 걸음을 멈췄다. 마치 벨카를 기다리기라도 하는 것처럼. 그러더니 뒤를 돌아 벨카를 향해 손을 내밀었다. 달빛이 그의 등 뒤에서 비치는 탓에 얼굴은 보이지 않았다. 오로지 형체만 또

렷할 뿐이었다. 벨카는 그 손을 잡기 위해 힘껏 손을 뻗었다.

따뜻한 손. 당신은 대체 누구지? 그 손은 벨카를 가볍게 들더니 언덕의 정상에 내려놓았다. 벨카 앞으로 행성의 평평한 지형이 한눈에 펼쳐졌다. 그와 동시에 벨카의 손을 잡고 있던 사람은 한 줌 빛으로 흩어져 버렸다.

'어디로… 가 버린 거지?'

벨카는 다급하게 두리번거렸다. 그때, 그 노랫소리가 들렸다. 어느 날 갑자기 벨카를 찾아왔던 그 노랫소리가.

"당신이에요?"

노래에 실려 어떤 목소리도 벨카를 찾아왔다.

"별의 진실한 모습을 보려면 어둠이 필요하단다."

빛은 하늘로 올라가 환한 별이 되었다. 벨카도 그 빛을 쫓아 하늘을 올려다보았다. 목소리가 말했다.

"저기 밤하늘을 좀 봐."

무수한 별들이 벨카의 머리 위에서 반짝였고, 드문드문 별똥별이 떨어지고 있었다. 벨카는 하늘을 향해 소리쳤다.

"당신! 당신인 거죠? 왜 우릴 두고 우주선에 탄 거예요? 왜 떠난 거예요? 난 당신이 필요했는데……."

눈물이 흘렀다. 벨카는 자신이 오래도록 그를 그리워하고 있었다는 사실을 깨달았다. 아주 오랫동안, 마음 놓고 울어 본 적이 없었다는 사실도… 쏟아질 듯한 별들 아래서 벨카는 길고 긴 울음을 마음껏 터트렸다.

*

그날 밤 우주선으로 돌아온 벨카는 깊은 잠에 빠져들었다. 그리고 꿈을 꿨다. 웜홀을 지나며 반복해서 꾸었던 꿈이었다.

꿈속에서 벨카는 붉은 사막에 있었다. 부드러운 붉은 모래가 바람에 흩날리는 곳에. 그리고 저 멀리, 앞서 걷고 있는 한 남자를 보았다. 비 오는 행성의 벌판에서부터 은빛 숲, 별똥별이 떨어지는 언덕까지 벨카를 안내했던 그 사람이었다. 벨카는 이제 그가 누군지 안다. 어린 시절 자신을 두고 우주선에 올라탔던 그 사람. 아버지였다.

2.
라이카

닉은 행성의 한쪽을 밝힐 만큼 큰 보랏빛 달 아래에서 풀숲을 탐사하고 있었다. 처음 보는 신비로운 광경에 라이카는 마음이 들떴다.

"우주선의 상태는 어떻습니까?"

감탄할 틈도 없이 K박사의 목소리가 들렸다.

"착륙 당시 충돌로 인해 우주선의 하부가 일부 파손된 것 같습니다."

"수리 기간은 어떻게 됩니까?"

라이카는 걱정스러운 표정으로 대답했다.

"예측하기 어렵습니다. 어디가 어떻게 파손된 거지 제대로 파악할 시간이 필요합니다. 날이 밝으면 자세히 살펴보도록 하겠습니다.”

“그럼 일단 해야 할 일들을 먼저 진행하도록 하죠.”

박사는 닉이 이동한 경로를 따라 걸었다. 그제서야 라이카와 박
사는 몸이 가볍다는 사실을 자각했다. 살짝 뛰어오르자 몸이 둥실
떠오르는 것이 느껴졌다. 지구에서보다 훨씬 가벼워진 몸으로 하
늘로 오르는 감각은 꽤나 재미있었다. 그때, 라이카의 귓가에 익
숙한 노랫소리가 들려왔다.

“무슨 일입니까?”

박사는 라이카가 또다시 환청을 듣고 있다는 걸 알아차렸지만
모르는 척 넌지시 물었다.

“아, 아무것도 아닙니다.”

“집중하세요. 우린 지금 중대한 미션을 수행 중입니다.”

박사는 지구연합국 로고가 새겨진 깃발을 들고 말했다. 라이카
는 노랫소리를 떨쳐 내고 현재 상황에 집중하고자 애썼다. 다행히
노랫소리는 점점 멀어지는 것 같았다.

“준비됐습니까?”

“네.”

“동면에서 깨어난 지 123일. 야사B 행성 도착. 이곳에 인류가
최초의 발걸음을 내디뎠습니다.”

박사가 행성의 대지에 깃발을 꽂았다. 그러자 라이카도 말을 이

었다.

"우리는 전 인류의 평화를 지키기 위해 여기에 왔습니다."

이 깃발은 인류 역사의 커다란 상징이 될 터였다. 인류가 처음 달에 찍은 발자국처럼 오래오래 기억될 표식이었다.

라이카는 풀로 가득 덮인 폭신한 대지에 발자국을 찍으며 생각했다. 우리의 도전은 과연 성공할까? 지구와 다른 태양이 뜨는 이 아름다운 행성은 우리가 찾던 새 보금자리가 될 수 있을까?

"생각보다 황폐한 것 같아."

앞서 행성을 둘러보던 닉이 돌아와 말했다. 라이카와 박사는 닉의 안내에 따라 주변 풍경이 한눈에 보이는 야트막한 언덕을 오르기 시작했다. 언덕에서 바라본 행성의 모습은 과연 닉의 말 그대로였다. 우주선 주변의 풀숲을 제외하면 대부분 갈색으로 말라가고 있었다.

"데이터상으로는 분명 푸른 행성이었는데……."

라이카는 우주선에서 확인했던 데이터들을 떠올렸다. 데이터에 오류가 있었던 걸까?

"행성을 발견한 시점으로부터 많은 시간이 지났으니까요."

박사가 말했다. 말라비틀어져 죽어 가는 나무들은 한때 이곳이 식물이 번성했던 곳이었음을 보여 주고 있었다. 지금은 버석버석한 흙바닥이지만 과거에는 다양한 식물들이 자랐을 것 같았다.

"하지만 완전히 죽은 건 아니야."

중력이 약한 덕분에 움직이기 한결 편한지 이곳저곳을 걸어 다니던 닉이 라이카를 불렀다.

"라이카, 이리 와 봐."

수정처럼 빛나는 바위 주변을 살펴보니 작은 꽃들이 무리 지어 피어 있었다. 그래도 아직 생명이 숨 쉬고 있는 듯했다.

"각자 행성을 탐사하도록 합시다. 특이 사항이 있으면 보고하도록 하죠."

박사는 닉과 라이카를 남겨 둔 채 반대편으로 사라졌다. 그는 발밑에 돌이 있든 꽃이 있든 전혀 관심이 없어 보였다.

닉과 라이카도 행성을 둘러보기 시작했다. 행성의 밤은 부드러웠다. 말라 죽은 식물들로 가득했지만 기후만큼은 이방인들에게 상냥한 느낌이었다. 사막의 밤처럼 춥지도, 사나운 모래바람이 불지도 않았다. 문득 올려다본 하늘은 금방이라도 별이 쏟아져 내릴 듯 반짝거렸다. 라이카는 보랏빛 달을 보며 중얼거렸다.

"저 달은 무슨 물질로 이루어져 있길래 저렇게 예쁜 보랏빛인 걸까?"

라이카는 이따금씩 떠오르는 노래를 흥얼거려 보았다. 조각나 있던 멜로디는 그날 이후 온전한 노래가 되었다. 도대체 이 노래는 어디서 온 걸까? 이 노래가 어디서 왔는지 알 수 있다면, 라이카는 자신이 누군지도 알 수 있을 것 같았다. 기억을 잃은 상태에서는 온전한 자신이 아닌 것처럼 느껴졌다.

"저기 뭔가 있어, 라이카."

닉이 가리키는 곳을 향했다. 과연 무언가가 움직이고 있었다.

"가 보자."

라이카는 닉과 함께 물체 쪽으로 걸어갔다. 그것이 점점 또렷하게 보이기 시작했을 때, 라이카는 발걸음을 멈췄다.

"저건……."

두 사람이 멈춰 선 곳에는 깃발의 모습을 한 홀로그램 영상이 빛을 발하고 있었다.

"홀로그램 깃발…? 우리한테 이런 기술이 있었던가? 그리고 저 깃발은 어느 나라 거지?"

라이카는 멍해졌다. 닉은 우두커니 서 있는 라이카를 지나쳐 홀로그램 깃발 쪽으로 더 가까이 다가갔다. 바닥에 씨앗처럼 뿌려진 영사기에서 자라난 홀로그램.

"우리보다… 먼저 온 사람이 있는 거야……."

물성을 가진 깃발과는 완전히 다른 '홀로그램 깃발'은 너무나 새로웠다. 이것은 분명 문명의 흔적이었다. 어쩌면 라이카 일행보다 우수한 기술을 가진 인류가 이곳에 온 것일지도 몰랐다. 아니, 인류가 아닐지도 모른다. 이 드넓은 우주에 존재하는 다른 생명체가 이곳에 먼저 도착했고, 표식으로 홀로그램 깃발을 남겨 놓은 것일지도 몰랐다. 닉은 기쁜 건지 실망한 건지 모를 표정을 짓는 라이카를 보며 말했다.

"우리가 처음이 아니야. 대체 누가, 어떻게 우리보다 빨리 여기에 왔던 거지?"

라이카는 박사에게 보고해야 한다는 생각에 통신기를 들었다. 말을 꺼내려는 찰나, 지지직 소리가 들리더니 매서운 박사의 목소리가 통신기를 타고 먼저 흘러나왔다.

"예측하지 못했던 변수입니다. 모항성으로부터 날아온 방사선과 자외선이 허용 기준치를 초과합니다."

"그렇다면……."

라이카는 그 말의 의미를 알고 있었다.

"인간들은 이곳에 오래 머물러선 안 돼."

닉이 먼저 말했다. 이 행성은 모두가 찾던 정답이 아니었다. 인류가 그토록 닿고 싶어 했던 낙원이 아니었다.

"우리는 실패했어."

라이카는 들고 있던 통신기를 바닥에 떨어뜨렸다. 통신기에서는 박사의 목소리가 계속 흘러나오고 있었다.

"일단 우주선으로 복귀하십시오."

*

    우주선으로 돌아온 두 사람은 한동안 말이 없었다. 각자가 수집한 정보들을 어떻게 받아들여야 할지, 머릿속이 복잡했다. 닉은 작동을 멈춘 로봇처럼 둘 사이에 가만히 앉아 있을 뿐이었다.

    "일단 미션에 대해 이야기를 해 보죠."

    먼저 입을 뗀 것은 K박사였다.

    "이 행성은 대안 지구로서 부적합하다고 판명되었습니다. 인류는 새로운 행성을 개척하는데 실패했습니다."

    "그럼 기후 위기에 처한 지구인들은 어떻게 합니까?"

    "그들은 야사B 행성 말고 또 다른 방안들을 연구하고 있으니 분명 길이 있을 겁니다. 아니, 그러길 바랍니다."

    박사는 생각보다 의연했다. 바꿀 수 없는 사실에 대해서는 받아들이기로 한 것 같았다. 그러나 라이카는 그런 그의 태도가 오히려 더 혼란스러웠다. 두 사람은 많은 것을 걸고 스스로를 희생해 가며 여기까지 왔기 때문이다.

    "그럼 우린 이 실패를 어떻게 받아들여야 할까요?"

    라이카는 놀랍도록 차분한 박사에게 되물었다. 박사는 절망적인 얼굴로 묻는 라이카를 향해 무표정하게 대답했다.

    "실패 역시 유의미한 결과입니다. 여러 선택지 중 오답 하나를 지울 수 있으니까요."

박사는 서서히 밝아 오는 행성의 새벽 풍경을 바라보며 말했다.

"변하는 건 없습니다. 우리는 이곳에 머물며 행성 데이터를 수집해 지구로 전송합니다. 앞으로의 과학 발전에 조금이라도 이바지하도록."

라이카는 아직 이 실패를 온전히 받아들일 수 없었다. 이것은 두 사람만의 실패가 아니었다. 인류 전체의 실패였다. 하지만 박사의 말을 받아들이는 것 말고 달리 할 수 있는 것도 없었다.

"그렇다면 우리보다 먼저 이곳에 온 존재들은 과연… 누구일까요?"

"글쎄요. 그건 아직 풀 수 없는 문제 같군요."

"인간이라면, 아니, 인간이 아니더라도 누군가 이곳에 왔다 갔다면 정보가 될 만한 흔적을 남겼을 겁니다. 그리고 그 정도의 기술력을 가진 생명체라면 우리가 이곳으로 오고 있다는 사실 역시 알았을 가능성이 큽니다."

박사는 라이카가 발견한 홀로그램 깃발의 로고가 낯설지 않다고 생각했다. 지구의 오대양 육대주를 형상화한 것 같은 모양이었다.

"탐사를 하면서 이곳에 먼저 왔던 이들의 흔적도 같이 찾아보도록 하죠."

말을 마친 박사는 피곤한 듯한 표정으로 자신의 방으로 들어갔다. 라이카 역시 방으로 돌아와 침대에 몸을 누였다. 닉만이 어스름한 새벽이 밝아 오는 창밖을 바라보며 우두커니 앉아 있을 뿐이었다.

"인간은 참 불편해. 나는 이 행성도 내 집 같은데 말이야."

*

행성의 시간은 지구와 달랐다. 우주선 안에서 오래 생활한 탓에 지구의 시간 감각이 무뎌지긴 했지만 그럼에도 하루가 35시간이라는 건 매우 이상하게 느껴졌다. 20시간의 낮과 그 후에 찾아오는 15시간의 밤에 적응하기는 쉽지 않았다.

행성 탐사는 낮에만 진행했다. 각자 방향을 잡고 앞으로 나아가며 조금씩 영역을 넓혀 가는 방식이었는데, 처음에는 라이카와 닉이 한 팀을 이뤄 탐사했지만 인간이 쉽게 갈 수 없는 곳들을 닉이 담당하게 되면서 각자 탐사하게 되었다.

이곳의 식물은 메말랐지만 강인했고 방사선의 영향인지 지구와는 전혀 다른 모습을 하고 있었다. 독을 품고 있는 식물이 더 아름다운 것처럼 이 행성은 기묘한 낙원 같아 보이기까지 했다.

2시간째 탐사를 이어 가던 라이카는 뒤늦게 자신이 너무 멀리까지 와 버렸다는 사실을 깨달았다.

"여기가 어디지?"

라이카는 위치를 확인하기 위해 손목의 기계장치를 보았다. 그러나 기계의 화면이 잠시 일렁이더니 노이즈로 가득 찼다. 기계를 리셋해 봤지만 아무런 반응이 없었다. 현재 위치를 파악하지 못하면 돌아갈 수도 없을 거라 생각하니 오싹해졌다. 사방이 같은 풍경이라 어디가 어디인지도 구분되지 않았다. 통신기도 제대로 작동하지 않았다. 이 또한 처음 있는 일이었다.

초조해진 라이카의 귓가에 잠시 잊고 있던 그 노랫소리가 다시 들려오기 시작했다. 이번에는 더 크고, 더 또렷하게.

정신을 차리려 고개를 젓던 라이카는 저 앞에 신기루처럼 서 있는 무언가를 발견했다. 인간은 아닌 것 같고, 저건…….

"로봇인가…? 닉? 닉이야?"

라이카의 시선이 머문 곳에 로봇이 있었다. 닉보다 조금 더 크고 반짝이는 하드웨어를 가진 깡통 로봇이었다.

'아니, 저건 닉이 아니야. 그렇다면 저 로봇은… 먼저 온 자들이 남긴…?'

라이카는 무언가에 홀린 것처럼 로봇을 향해 걷기 시작했다. 로봇도 그를 발견했는지 라이카 쪽으로 다가왔다. 로봇이 공격할지도 몰랐지만 라이카는 두렵지 않았다. 이상한 일이었다. 로봇과 라이카는 몇 발자국 떨어진 곳에서 멈춰 섰다.

"넌 누구니?"

닉과 꼭 닮았지만 손가락이 하나씩 더 많은 그 로봇은 라이카를 향해 손을 뻗었다. 라이카도 망설이다 그 손을 잡았다.

"난 스트렐카. 주인님의 명령에 따라 기억의 방을 지키고 있어."

"기억의 방…? 스트렐카? 주인님은 또 누구야?"

라이카와 악수를 한 로봇은 반갑다는 듯이 라이카의 주변을 빙글빙글 돌았다.

"난 아주 오랫동안 널 기다렸어."

"날 기다려? 왜?"

"따라와."

자신을 스트렐카라고 소개한 로봇은 라이카의 손을 잡고 어두워지기 시작한 죽은 숲으로 향했다. 바짝 말라 버린 은빛 나무들이 사방에 빼곡했다.

"여긴 원래 숲이었어."

스트렐카를 따라가던 라이카는 이 행성에서 처음으로 물을 발견했다. 검붉은 물이 흐르는 냇가가 있었다.

"주인님은 이게 와인 같다고 말했어."

라이카는 스트렐카를 따라 숲의 더 깊은 곳까지 걸어 들어갔다. 삼시 후 라이카의 눈앞에 언덕 하나가 모습을 드러냈다.

"이 언덕이 이 행성에서 가장 높은 곳이야. 별과 가장 가까운 곳."

말을 마친 스트렐카는 언덕을 올랐다. 탐사 영역에서 멀어지면 안 된다고 생각하면서도 라이카는 로봇을 뒤따랐다. 다시 그 노랫소리가 들려오기 시작했다.

"잠깐만, 또다시 노랫소리가 들려."

"노랫소리?"

앞서가던 스트렐카가 걸음을 멈췄다.

"자꾸만 날 맴도는 노랫소리가 있어. 음음… 음음음……."

라이카는 이제는 익숙해진 노래의 멜로디를 흥얼거렸다. 고요한 행성 한가운데 라이카의 목소리가 울려 퍼졌다.

"이 노래는 〈주기율표〉야."

"〈주기율표〉?"

"내가 이 노래를 알아. 주인님이 불러 준 적이 있거든. 내 안에 소리 데이터로 저장되어 있어. 한번 들어 볼래?"

스트렐카가 걸음을 멈추고 오른팔을 들어 팔에 있는 버튼을 보여 주었다.

"버튼을 눌러 봐."

그러자 한 남자의 목소리가 들려오기 시작했다.

"우주에서 가장 많은 수소(H)만큼 난 항상 너를 생각해 태양에서 온 헬륨(He)만큼 뜨겁게 그렇게 너를 사랑해."

언덕 정상을 눈앞에 둔 라이카는 순간 어지러움을 느끼며 풀썩 쓰러졌다. 그리고 밑으로 굴러 떨어지기 시작했다. 통증이 느껴졌지만 폭신한 풀들로 뒤덮인 바닥 덕에 견딜 만하다고 생각하며 그대로 눈을 감았다. 잠시 후, 썩은 나무 밑동에 몸이 부딪쳤다. 노랫소리는 점점 더 크게 들렸다. 의식이 조금씩 아득해지는 것을 느끼면서도 라이카는 이 노래에 대해 알고 싶다는 생각뿐이었다.

3.
라이카와
벨카

오퍼튜니티와
스피릿에 관한 꿈

그곳은 화성이었다.

벨카는 붉은 모래사막을 걷고 있었다. 그 앞에는 한 남자가 걸어가고 있었다. 벨카는 남자의 발자국을 따라 걸으며 그의 뒷모습을 바라보았다.

"이 행성까지 오는 동안 자주 꿈을 꿨어요. 화성. 화성이 나오는 꿈이요. 외롭고 차가운 그곳을 한 남자가 걸어가고 있어요. 그는 자꾸만 주변을 둘러봐요. 꼭 무언가를 찾는 것처럼요."

라이카는 자신이 어디로 가고 있는지도 모른 채 오랫동안 이 모래사막을 걷고 있었다. 무언가를 찾아야 한다는 의식은 있었지만 그게 무엇인지는 알 수 없었다. 그저 걷고 또 걸을 뿐이었다.

"난 바닥을 보고 걸어. 중요한 걸 찾아야 하거든. 중요한 것… 중요한 것… 그게 대체 뭐였지…? 난 모두가 잊어버린 화성 탐사 로봇 오퍼튜니티와 스피릿 이야기를 해. 그 아이에게. 그 아이…?"

라이카는 문득 뒤를 돌아봤다. 그러고는 자신을 뒤따르듯이 걷고 있는 벨카를 발견했다. 아니, 찾아냈다. 라이카는 걸음을 멈추고 벨카가 가까워지기를 기다렸다. 스무 걸음, 열 걸음, 여덟 걸음, 다섯 걸음. 이제 두 사람 사이에는 딱 다섯 걸음만큼의 거리만 남아 있었다.

벨카는 자신을 바라보는 라이카에게 말했다.

"화성으로 여행을 떠난 두 로봇은 각각 화성의 반대편에 떨어져, 태양 반사판이 모래에 파묻혀 임무를 종료할 때까지 끝내 만날 수 없었다고… 그래… 난 그 사람과, 아니, 아버지와 그런 이야기를 했어……."

두 사람은 햇살이 환했던 어느 오후를 기억해 냈다. 마당을 가로지르면 있던 창고 아지트. 라이카의 방이었던 동시에 벨카의 방이었던 그곳. 밤이면 별이 아름답게 보이던 방.

"저기 봐, 벨카. 저 로봇은 오퍼튜니티라고 하는데, 화성에 탐사를 갔다가 모래언덕에 바퀴가 **빠져서** 갇혀 버렸대."

두 사람은 오래전 화성을 탐사했던 쌍둥이 로봇 오퍼튜니티와 스피릿에 대한 다큐멘터리를 보고 있었다. 라이카는 자신의 품에 폭 안겨 있는 여섯 살 벨카에게 다큐멘터리의 내용을 설명해 줬다.

"그럼 모래를 파헤치고 나오면 되잖아."

"그게 생각보다 쉽지 않아. 화성의 모래는 꼭 밀가루 같거든."

"밀가루…?"

"화성의 대지는 고운 철황산염으로 이루어져 있어서 마찰력이 아주 낮아."

벨카는 아빠가 하는 말을 제대로 이해하지 못했지만 별로 신경 쓰지 않았다. 아빠의 말에는 언제나 어려운 단어들이 많이 섞여 있었기 때문이다.

"모래가 색이 이상해. 빨간색 물감을 섞은 것 같아."

"산화철이 많아서 그래."

라이카는 갸우뚱하는 벨카의 얼굴을 바라보며 아이가 자신을 쏙 **빼닮았다**고 생각했다. 이런 말을 하면 아내가 서운해한다는 사실을 떠올리면서.

"세상의 모든 것들은 원소로 이루어져 있어."

"원소?"

"사람의 몸도 탄소와 수소, 산소, 질소와 황, 인, 칼슘 같은 것들로 구성되어 있어."

"모든 사람들이 원소로 만들어져 있다는 거야?"

"그런 셈이지. 이 세상에는 자연에서 온 그런 원소들이 구십 개나 있어."

"구십 개?"

"원소가 어떻게 만나느냐에 따라서 이 세상 모든 것들은 서로 다른 것이 될 수 있어. 예를 들면 공기나 물."

"나뭇잎이랑 꽃도?"

"바람과 나비도."

"구름과 별!"

"달과 은하수!"

아이의 눈이 반짝였다.

세상의 엄청난 비밀을 알게 된 사람이 지을 법한, 빛나는 표정이었다.

"와, 대단하다! 원소가 뭐길래 아무거나 다 될 수 있는 거야?"

"음… 어떤 게 있는지 한번 볼까?"

며칠 후면 라이카는 이 아이의 곁을 영원히 떠날 것이다. 이제는 더 이상 아이가 자라는 모습을 볼 수 없을 것이다. 휴마누스 3호에 올라타기로 결정할 때 아이가 눈앞에 있었다면 어땠을까. 아마 포기하지 않았을까.

'벨카에게 사랑한다는 말을 제대로 해 준 적이 있었나?'

문득 이런 생각이 들었다. 쑥스럽다는 핑계로 얼버무리고 미뤄 왔던 말이었다. 오늘 하지 못한다면, 지금이 아니라면 다시는 기회가 없을 것이다. 하지만 그 말은 쉽사리 입 밖으로 나오지 않았다. 사랑한다는 말을 곱씹던 라이카가 가까스로 뱉은 것은 어떤 노래였다.

"우주에서 가장 많은 수소(H)만큼 난 항상 너를 생각해

태양에서 온 헬륨(He)만큼 뜨겁게 그렇게 너를 사랑해."

예정된 이별에 대해 아무것도 모르는 아이는 해맑게 웃었다.

"재밌다!"

"〈주기율표〉라는 노래야. 잘 들어 봐."

라이카도 벨카를 향해 웃어 보였다. 아이가 이 순간을 오랫동안 기억하길 바라면서.

"리튬(Li) 배터리보다 오랜 시간

베릴륨(Be)처럼 변하지 않는 마음으로

붕소(B) 유리처럼 투명하게 빛나는 너를

다이아몬드 탄소(C) 결정처럼 아름다운 너를."

라이카가 아이에게 물었다.

"같이 불러 볼래?"

라이카도 이 멜로디를 어디서 들었는지는 알 수 없었다. 그저 아주 오래전부터 알던 것처럼 익숙하게 느껴질 뿐이었다.

"이건 우리 둘만을 위한 노래야. 잊지 마."

아이는 고개를 끄덕였다.

"지구에서 가장 많은 질소(N)만큼 난 항상 너를 생각해."

아이가 네 마디쯤 되는 노래를 따라 부르기 시작했다.

"지구에서 가장 많은 질소(N)만큼 난 항상 너를 생각해."

"너는 나의 산소(O). 너는 나의 숨, 난 너 없이는 안 돼."

"너는 나의 산소(O). 너는 나의 숨, 난 너 없이는 안 돼."

라이카는 노래를 따라 부르는 아이를 꼭 끌어안았다. 눈물이 날 것 같았다. 라이카의 품에 안긴 아이는 까르르 웃어 댔다. 라이카는 아이의 머리를 쓰다듬으며 계속 노래를 불렀다.

"플루오린(F) 강화유리처럼 단단한 사람이 되길

네온(Ne)처럼 빛나 주렴. 어디서든 찾을 수 있게."

노래가 한동안 두 사람을 맴돌았다.

행복과 슬픔이 공존하는 어느 오후의 햇살 가득한 창고 아지트.

그곳에 두 사람이 함께 있었다.

그런 시간들이 있었다.

4.
라이카

라이카는 우주선 안에서 눈을 떴다.

"정신이 들어? 내가 널 찾아냈어."

라이카가 깨어난 걸 확인한 닉이 다가와 말했다.

"여기까지 업고 온 건 박사님이지만."

그러고 보니 온몸이 멍투성이였다. 탐사 중 만났던 죽은 숲과 언덕. 그리고 그 언덕 위에… 뭐가 있었지? 라이카는 자신이 언덕 정상에 오르기 직전 정신을 잃었단 사실을 떠올렸다. 라이카는 몸이 아픈 것도 잊은 채 침대에서 벌떡 일어났다. 꿈속에서 보았던 그 풍경과 노래, 그리고 아이가 너무나 선명하게 기억났기 때문이었다.

"탐사 범위를 벗어나면 안 돼. 박사님이 화를 냈어."

"미안해."

"괜찮아. 그래도 살아 있잖아. 대체 무슨 일이 있었던 거야?"

닉이 물었다. 라이카는 야사B 행성에 도착하면서부터 더 선명해진 꿈과 멜로디에 대해 이야기했다.

"꿈에서 계속 화성의 풍경을 봐서 착각했어. 난 화성에 다녀온게 아니라 화성 탐사 로봇인 오퍼튜니티와 스피릿에 대한 이야기를 했던 거였어."

라이카의 말을 들은 닉은 오퍼튜니티와 스피릿에 대해 검색해 보았다.

"스피릿. 2003년 6월 발사된 화성 탐사 로봇. 착륙 2주 후 메모리 오류로 통신이 두절되었으나 66번의 재부팅 끝에 통신 연결 성공. 2010년 1월 임무 종료. 오퍼튜니티. 2003년 7월 발사된 화성 탐사 로봇. 화성의 모래언덕에 바퀴가 빠졌으나 35일만에 극적 탈출. 이후 모래바람이 불어 태양 반사판에 먼지가 쌓이면서 2019년 2월 임무 종료."

"그리고 나, 그 멜로디가 뭔지 알았어. 꿈속에서부터 계속 맴돌았던 그 노래 말이야."

"라이카가 흥얼거리던 A-B-A형식에 코다가 붙어 있는 4분의 3박자의 곡."

"내가 아들에게 불러 줬던 노래였어!"

"아들?"

"그래, 아들! 나한테 아들이 있었어! 아내와 아들이 있었다고! 내가 그걸 잊고 있었어. 어떻게 그걸 잊을 수 있지? 내 가족을!"

라이카는 침대에서 내려와 방 안을 서성이며 멜로디를 흥얼거렸다. 애써 찾아온 기억을 붙잡으려는 듯이. 멜로디는 어느새 노랫말이 붙은 완전한 노래가 되어 있었다.

"주기율표네?"

"맞아. 그런데 이건 사랑에 대한 노래야."

닉도 라이카를 따라 방 안을 걸어 다니며 노래를 불렀다. 누구든 따라 부를 수 있을 만큼 쉬운 노래였다. 불현듯 라이카가 자리에 멈춰 섰다.

"지구로부터의 1.5킬로그램!"

라이카의 말을 들은 닉이 상자를 가지고 왔다. 라이카는 상자 속에서 빈 액자를 들어 올렸다.

"그래, 이건 가족사진이야."

*

"자, 찍습니다. 하나, 둘, 셋!"

사진사가 유쾌하게 외쳤다. 찰칵 소리와 함께 플래시가 터졌다. 세 사람의 찰나가 영원히 기록되었다.

"잘 나왔네요. 확인해 보시겠어요?"

벨카는 한창 유행하는 아날로그식 사진기가 신기한지 카메라 쪽으로 달려갔다. 아이는 몇 장의 사진 중에서 가장 마음에 드는 사진을 손가락으로 가리켰다.

"웃고 있는 사진이 마음에 드는구나?"

사진사는 벨카의 머리를 쓰다듬으며 말했다.

"아이가 참 빨리 커요. 매년 이렇게 기록해 두는 것도 좋네요."

벌써 여섯 번째 사진이었다. 그녀의 품에 안겨 있던 갓난아이는 어느덧 자라 엄마 아빠 사이에 서서 멋지게 브이를 그리고 있었다.

"나중에 아이가 자라서 사진을 보면 좋아하겠어요."

"글쎄요. 그러면 좋겠는데……."

그녀가 말끝을 흐렸다.

"사진 나오면 연락드릴게요. 너도 같이 찾으러 와야 한다!"

"네!"

벨카가 함박웃음을 지어 보이며 문 앞에서 기다리는 엄마 아빠에게 달려갔다. 문을 나서던 벨카는 뒤를 돌더니 사진사에게 말했다.

"아저씨, 안녕히 계세요. 내년에 또 올게요!"

사진사는 고개를 끄덕이면서 벨카에게 크게 손을 흔들어 주었다. 하지만 그 이후 세 사람은 더 이상 함께 사진관에 방문할 수 없었다.

그로부터 한 달 뒤, 라이카가 우주선에 탑승했기 때문이다.

*

"내가 떠난 후에도 아내와 아이는 함께 사진을 찍었을까?"

라이카는 빈 액자를 천천히 쓰다듬었다. 자신이 떠나온 세계가 사진 속에 있다고 생각하자 눈물이 날 것 같았다. 라이카는 곧바로 소네트집으로 시선을 돌렸다.

"셰익스피어 소네트집… 이건 뭐지…?"

접혀 있는 페이지가 눈에 들어왔다. 라이카는 그 페이지에 실려 있는 소네트 구절을 읽고 또 읽었다. 그렇게 계속 읽다 보면 기억 속 어딘가에 닿을 수 있을 것처럼.

"그대가 없다면 나는 이 넓은 우주를 공허라 부르리.

사랑하는 이여. 당신은 내 세상의 전부입니다."

순간, 어떤 목소리가 라이카를 찾아왔다. 사랑하는 아내, 그녀의 목소리가.

기억 속 그녀는 셰익스피어의 소네트 109번의 한 대목을 읊고 있었다.

"내가 좋아하는 시야."

그녀의 무릎을 베고 누운 라이카가 몸을 일으키며 말했다. 그녀는 라이카가 건넨 소네트집의 페이지를 넘겨 보며 고개를 기울였다.

"이런 걸 좋아하다니, 의외네."

"아름답잖아. 너한테 꼭 들려주고 싶었어."

"음~"

"그래서 말인데, 우리 결혼할까?"

라이카의 말에 순간 굳어 버린 그녀는 소네트집을 떨어트리고 말았다. 라이카는 그녀를 꼭 끌어안았다. 이 온기를 영원히 놓치고 싶지 않다고 생각하면서.

"이건… 내가 프러포즈할 때 인용했던 책이야."

라이카는 그날 그녀를 꼭 끌어안았던 것처럼 소네트집을 끌어안았다.

"그럼 이 프리즘 펜던트는?"

닉은 라이카의 목에 걸려 있는 프리즘 펜던트를 가리켰다.

"여기에 대해선 뭐 떠오르는 거 없어?"

"글쎄… 곧 알게 되겠지."

라이카는 중얼거렸다. 아직 모든 기억을 떠올린 건 아니었지만, 지금까지 기억해 낸 것들만으로도 충분히 알 수 있었다. 라이카에게는 가족이 있다. 그러니 돌아가야 했다. 자신을 기다리고 있을, 사랑하는 사람들을 위해서라도. 라이카는 어서 야사B 행성 탐사를 끝내고 지구로의 귀환을 서둘러야겠다고 다짐했다.

"이렇게 꾸물거릴 시간이 없어."

라이카는 닉을 혼자 남겨 둔 채 급히 방을 빠져나갔다.

*

K박사는 탐사를 하다 발견한 기지 안에 서 있었다. 건물은 방사능을 막아 주는 피난 텐트와 비슷했지만 그보다 훨씬 넓고 견고해 보였다. 언젠가 지구에서 석유탱크 보관소에 갔을 때 보았던 건축물과 비슷한 느낌이었다.

내부는 한 번도 본 적 없는 기계들로 채워져 있었다. 아니, 기계라고 하기에는 모든 장치들이 너무나 깔끔하고 직관적으로 보였다. 이 기지 안에 있는 모든 것들은 박사가 알고 있는 과학기술을 거뜬히 뛰어넘는 것 같았다.

건물 벽면에 반짝이는 초록색 버튼이 보였다. 박사가 버튼을 누르자 내부의 조도가 낮아지며 높낮이가 일정한 목소리가 들려왔다.

"아시모프 연방국에서 알립니다. 지금까지 아시모프 연방국에서는 이곳 야사B 행성에 우주선을 파견해 관리했으나 오늘부로 관리를 종료합니다."

"아시모프 연방국?"

박사는 고개를 갸웃했다. 처음 들어보는 이름이었다. 그때 공중으로 두둥실 홀로그램 지도가 떠올랐다. 지도에는 야사B 행성과 아시모프의 위치가 표시되어 있었다. 박사가 타고 온 우주선의 속도로 계산해 보니 아시모프는 이곳에서 약 1년 정도 걸리는 거리에 있었다.

"설마, 이곳에 먼저 도착한 이들이……."

안내 방송이 이어졌다. 방송에서 알려 준 정보에 따르면, 이곳 야사B 행성은 아시모프에서 지구로 갈 때 거쳐가는 일종의 정류장 같은 역할을 수행했지만 지금은 버려진 곳이었다. 박사는 지금까지 수집한 정보들을 조합하듯 읊었다.

"우리가 이곳으로 오는 사이에, 우리보다 늦게 출발한 탐사대가 우리보다 빨리 이곳에 도착했다. 그리고 이곳이 대안 지구가 될 수 없다는 걸 깨닫고 새로운 대안 지구인 '아시모프'라는 행성을 개척했다. 이곳에 먼저 도착한 이들이 우리의 후손인 '지구인'이라면 말이야……."

그런데, 도무지 이해가 가지 않는 부분이 있었다. 대체 '어떻게' 휴마누스 3호보다 늦게 출발한 우주선이 더 빨리 도착할 수 있었을까? 과학기술 발전 속도를 짐작해 보아도 단기간 내에 우주선의 비행 속도를 비약적으로 높이는 것은 불가능했다.

안내 방송이 끝나자 벽면 전체에 영상이 투사되었다.

"블랙홀…? 아니 잠깐… 저건… 웜홀이야…….''

박사는 투사된 영상을 믿을 수 없다는 듯이 뚫어져라 바라보았다. 웜홀은 목성 근처에서부터 이곳 야사B 행성과 가까운 어느 지점까지 이어져 있었다.

그래. 이론으로만 존재했던 웜홀이 실제로 나타난 거라면, 가능할지도 몰랐다. 이곳에 먼저 온 자들이 '지구인'이며 새로 발견된 웜홀을 이용해 박사 일행보다 더 빨리 야사B 행성에 도착했다면? 그리고 이곳이 대안 지구로 부적합하다고 판단했다면? 야사B 행성과 비교적 가까운 곳에 있는 아시모프를 발견하고 개척해서 그곳으로 이주한 거라면…?

박사는 기지를 빠져나왔다. 다음 목적지는 아시모프였다. 그것만이 그들 앞에 놓인 유일한 선택지처럼 보였다.

*

"이게 왜 안 되지?"

라이카는 장비를 들고 우주선을 한 바퀴 빙 둘러보았다. 벌써 20시간 넘게 기계와 씨름을 하고 있었지만 별다른 성과는 없었다. 하지만 멈출 수도 없었다. 하루라도 빨리 우주선을 고쳐 지구로 가는 항로를 찾아야만 했다. 라이카는 꿈에서 보았던 아이의 얼굴을 떠올렸다. 기억 속 아이는 여섯 살이었다.

'어떻게 자랐을까. 나를 닮았을까?'

우주선을 고치는 내내 아이를 생각했다. 아이를 다시 만나면 떠나온 시간보다 더 많은 시간을 함께할 거라고, 다시는 절대 떠나지 않을 거라고 다짐했다.

"기다려. 오래 걸리진 않을 거야."

수리를 마친 라이카는 곧바로 우주선의 자동항법장치를 점검했다. 하지만 여전히 시스템은 작동하지 않았다. 라이카는 몇 번이나 설정값 조정에 실패했지만 끈질기게 매달렸다. 마침내 자동항법장치가 복구되었다는 메시지가 떴다.

시스템 복구 완료. 시스템 복구 완료.

드디어 시스템이 작동하기 시작했다.

"됐어!"

목적지까지 최적 항로 계산 중…….

지구로부터 약 3600억 킬로미터.

3600억 킬로미터라는 단위가 한 번에 와닿지 않았다.

"그래서, 얼마나… 얼마나 걸리는 건데? 얼마나, 얼마……."

라이카는 시스템 화면을 몇 번이나 다시 확인했다. 200이라는
숫자가 선명하게 나타나 있었다.

"200시간? 그럴 리는 없고… 200일?"

아무리 생각해도 200일은 말이 되지 않았다. 뭔가 잘못된 것 같
았다. 라이카는 화면 속 숫자를 다시 한 번 확인했다.

"200년?"

아니야. 오류가 생긴 게 분명했다. 라이카는 설정값을 초기화
하고 시스템을 재가동시켰다. 오류가 생긴 거라면 다시 해 보면
될 일이었다.

항로 재설정 완료. 지구로부터 약 3600억 킬로미터.

화면에 또 다시 200이라는 숫자가 떠올랐다. 긴장된 마음으로 결괏값이 마저 나오기를 기다렸다. 그런데.

"200일이 아니야. 200년… 200년…?"

아니야. 그럴 리가 없었다. 그럴 수는 없었다. 아내의 얼굴이… 아이의 얼굴이 어젯밤 꿈처럼 너무나 생생했다. 그런데 화면에 떠오른 숫자는 상상도 해 본 적 없는 시간이었다. 이게 대체 뭘까? 무슨 일이 일어난 거지? 그 순간, 라이카가 더 이상 희망을 품지도 못하도록 음성이 흘러나왔다.

이곳 야사B 행성은 지구로부터 200년만큼의 거리에 있습니다.

우주선의 속도로 200년이 걸리는 곳에 와 있다고? 믿을 수가 없었다. 라이카는 자리에 털썩 주저앉았다.

"어쩌다 내가 여기까지 온 거지…?"

여러 번 다시 시도해 보았지만 결괏값은 변하지 않았다. 오히려 200년이라는 시간을 더 명확하게 각인시킬 뿐이었다. 라이카는 조종간을 거세게 내리쳤다. 그러자 사방에서 경고음이 울리기 시작했다.

접근 불가. 접근 불가.

이제 막 우주선으로 돌아온 K박사가 조종실로 뛰어 들어왔다.

"지금 뭐 하는 겁니까? 단독 행동은 금지라고 분명 이야기했을 텐데요!"

라이카는 박사를 발견하고 그에게 달려가 애원하듯 물었다.

"박사님, 이 탐사는 대체 언제 끝나는 겁니까?"

박사는 라이카를 내려다보며 대답했다.

"탐사는 더 이상 할 필요가 없어졌습니다."

순간 라이카의 표정이 밝아졌다.

"그렇습니까?"

박사는 그런 라이카를 외면한 채 엉망이 된 시스템을 복구시켰다. 우주선은 언제 그랬냐는 듯 조용해졌다. 조종간에서 한 걸음 물러서 있던 라이카가 박사를 향해 말했다.

"박사님, 저는 돌아가야 합니다."

"돌아가요? 어디로요?"

"지구로 갈 겁니다. 집으로요! 저한테 가족이 있습니다. 아내와 아들을 만나야 해요!"

라이카의 말을 들은 박사는 우주선의 음성 명령 시스템을 실행시켰다.

"지금부터 목적지를 아시모프 행성으로 변경한다."

"네?"

목적지 변경 완료.

"아시… 모프…?"

박사는 멍한 표정으로 서 있는 라이카는 아랑곳 않고 말했다.

"기지를 발견했습니다. 아시모프인들이 만들어 놓은 기지요. 저는 그곳에 남겨진 데이터를 통해 이곳에 처음 왔던 사람들이 우리의 후손이라는 사실을 알게 됐습니다. 그들은 현재 새로운 대안 지구인 아시모프에서 살아가고 있습니다. 우리도 아시모프로 갈 겁니다."

박사는 오랜 연구의 결과를 지금 막 받아 본 과학자처럼 벅차 보였다. 그에게는 라이카의 혼란과 슬픔이 아무런 의미를 지니지 못하는 것 같았다.

"아뇨, 아뇨, 안 됩니다."

주저앉은 라이카는 박사에게 애원했다. 그러나 박사는 단호했다.

"당신의 의견은 더 이상 중요하지 않습니다. 우린 아시모프로 갑니다."

그 순간 박사는 라이카의 얼굴에서 어떤 상실감이 스치는 것을 보았다. 라이카가 다시 입을 열었다.

"당신은 이런 방식으로 절 우주선에 태운 겁니까? 이렇게 명령으로요?"

박사는 그가 무슨 이야기를 하는 건지 이해할 수 없었다. 우주
선에서의 모든 일은 명령이 아니라 합의와 협업이 원칙이었다.

"모든 건 당신이 스스로 선택한 겁니다."

"말도 안 되는 소리 마십시오! 제겐 가족이 있습니다! 그런 제
가 왜요!"

"우리 우주인들에겐 설명할 수 없는 아이러니가 있죠. 우주를
한없이 동경하지만 두려워하고, 고독을 갈망하지만 공허를 견딜
수 없어 합니다. 놀라운 건 언제나 궁금하다는 마음이 모든 것을
이긴다는 겁니다. 당신도 그랬고요."

"아니, 내가 그럴 리 없어. 날 기다리고 있을 거야!"

"기다려? 도대체 누가? 거긴 아무도 없어! 이제는 다 죽고 없다
고!"

"죽고… 없어…?"

"200년이란 그런 시간이야!"

*

"200년… 200년……."

우주선을 뛰쳐나온 라이카는 목적지 없이 무작정 뛰었다. 얼마

나 뛰었을까. 낯익은 곳이 보였다. 지난번 스트렐카라는 로봇을 만났던 그 장소였다. 조금 더 나아가자 언덕이 시작되는 곳에 죽은 나무들이 가득한 숲이 나타났다. 숨이 차서 바닥에 주저앉고 싶었지만 어째서인지 멈출 수가 없었다. 그러다 라이카는 무언가에 발이 걸려 넘어지고 말았다. 기다렸다는 듯이 눈물이 터져 나왔다. 아파서 눈물이 나는 건지 이 상황을 받아들이기가 힘들어서 눈물이 나는 건지 알 수 없었다. 그때 인기척이 들렸다. 닉, 아니, 닉과 꼭 닮은 로봇 스트렐카였다. 스트렐카는 라이카 앞으로 와서 이렇게 말했다.

"나를 따라와. 우리는 별과 가까운 곳으로 가야 해. 그곳에 우리 집이 있어."

라이카는 자리에서 일어나 스트렐카를 따라 다시 한번 언덕을 오르기 시작했다. 라이카가 움직이자 그의 목에 걸려 있던 프리즘 펜던트가 반짝 빛났다.

그리고 잊고 있었던 기억의 한 조각이 밀려왔다. 라이카 자신의 목소리였다.

"이건 시간과 공간을 흐리는 마법의 펜던트야. 아빠가 보고 싶을 때는 이걸 꼭 쥐고 얘기해 봐. 그럼 아빠가 들을 수 있어."

라이카는 빛나는 펜던트를 손에 꼭 쥐고 계속 언덕을 올랐다. 지난번에는 닿지 못했던 언덕의 끝에 작은 기지가 있었다. 그 모습이 어딘가 익숙했다. 라이카는 스트렐카의 안내에 따라 문 앞으로 가 문고리를 잡고 돌렸다. 그러고는 이 문 너머에 있는 누군가에게 얘기하듯 말했다.

"시간을 넘어, 공간을 넘어, 너를 만나러 왔어."

라이카가 문을 열었다. 기지 안에서 환한 빛이 쏟아졌다.

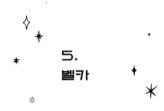

5.
벨카

행성의 긴 밤이 지나가고 있었다. 벨카는 바깥 풍경이 보이는 창가에 앉아 계속 반복되는 꿈에 대해 생각하고 있었다.

"오퍼튜니티와 스피릿이라……."

벨카는 풍경을 보며 중얼거렸다.

"우리도 오퍼튜니티랑 스피릿처럼 이렇게 떨어져 버렸네요. 아버지."

아버지 생각을 하자 또다시 그 노래가 떠올랐다. 아버지가 불러 주었던 노래. 아버지는 떠나 버렸지만 이 노래는 곁에 남아 벨카를 지켜 주었다. 벨카가 노래를 흥얼거렸다.

"우주에서 가장 많은 수소(H)만큼 난 항상 너를 생각해. 태양에서 온 헬륨(He)만큼 뜨겁게 그렇게 너를 사랑해……."

잠에서 깨 잠시 우주선 내부를 점검하던 대원이 벨카를 발견하고 옆으로 와 앉았다.

"귀여운 노래네요."

"사랑에 대한 노래야. 나에게도 아이가 생긴다면 언젠가 꼭 불러 줄 노래."

"아버지가 불러 주셨던 노래군요."

"어떻게 알았어?"

"세상 모든 아들들은 아버지가 해 주었던 가장 좋은 걸 자기 자식에게도 해 주고 싶어 하니까요."

"난 아버지에 대한 기억이 별로 없어."

"알아요. 하지만 전세계 수많은 사람들이 대신 기억해 주고 있잖아요, 우주 비행사 라이카에 대해. 여기에 온 대원들 중에 그분을 모르는 사람은 없을 걸요."

벨카는 창밖을 보는 대원의 옆얼굴을 바라보았다. 그는 조용히 웃음 짓더니 꿈꾸는 듯한 표정으로 말을 이었다.

"우주 비행사 라이카는 제 꿈이었습니다. 덕분에 여기 올 수 있었죠. 어렸을 때 엄마와 휴마누스 3호가 발사하는 걸 보러 간 적이 있어요. 근처는 통제구역이라 조금 떨어진 바닷가로 갔어요. 거기엔 저 말고도 많은 사람이 있었고, 모두 함께 전광판의 시계를 보며 소리 높여 카운트다운을 했어요. 5, 4, 3, 2, 1, 발사! 하늘을 가르며 높이 올라가는 우주선을 보면서, 나도 언젠가는 꼭 우주선에 올라탈 거라고 다짐했습니다."

'꿈꾸는 사람들의 눈은 다 이렇게 빛나는구나……' 벨카는 생각했다.

서로에게 목숨을 의지한 채 우주로 나온 동료들은 서로에 대해 많은 것들을 공유했다. 대원들은 종종 우주 비행사 라이카 이야기를 했는데, 그때마다 벨카는 놀라곤 했다. 대원들 저마다의 꿈에 라이카가 있었기 때문이다. 벨카는 누군가의 삶 속에 스며 있는 아버지를 생각할 때마다 아버지가 자신뿐 아니라 많은 이들의 길잡이 별이었다는 사실을 확인했다.

다시 혼자 남겨진 벨카는 행성의 밤을 오래도록 응시했다. 벨카의 길잡이 별이었던 북극성과 남십자성은 이곳에서 볼 수 없지만, 아버지는 대신 또 다른 나침반을 벨카 안에 남겨 놓았다. 노래 〈주기율표〉였다.

생각해 보면 늘 두려웠다. 아버지가 날 버린 걸까 봐, 내가 아버지의 꿈에 방해가 되는 귀찮은 아들이었을까 봐 겁이 났다. 세상에는 자식을 버리는 부모도 더러 있었으니까. 그런 사람들처럼 아버지도 자신을 떠났을지 모른다는 불안이 늘 벨카를 괴롭혔다. 지금껏 잘 숨겨 왔지만 이런 밤이면 그런 불안이 불쑥 고개를 내밀곤 했다.

'하지만 이젠 알아. 아버지가 날 위해 그런 노랠 불러 줬다는 걸. 그런데 난 왜 그걸 까맣게 잊었던 걸까……'

눈물이 날 것 같았다. 그런 아버지의 마음을 잊었던 자신이 한심하기도 했고, 떠나 버린 아버지가 야속하기도 했다. 벨카는 허공을 향해 중얼거렸다.

"아버지도 날 사랑했던 거야… 사랑한 거야……"

벨카는 그날을 떠올렸다. 잃어버린 아버지의 우주선을 찾아낸 날, 그날의 기억을.

*

지금부터 목표 비행체의 신호를 감지합니다.

반경 100만 킬로미터. 포착되는 신호 없음.

반경 200만 킬로미터. 포착되는 신호 없음.

벨카는 그날도 통신이 두절된 휴마누스 3호의 신호를 찾고 있었다. 그것은 야사B 행성을 탐사하는 일 다음으로 벨카에게 중요한 일이었다. 처음에는 곁에서 지켜보기만 하던 대원들도 어느덧 다양한 장비와 기술을 이용해 휴마누스 3호를 함께 찾기 시작했다. 처음에는 벨카만의 희망이었던 일이 모두의 희망으로 변해 갔다.

삐빅삐빅.

목표 비행체 신호 포착.

몇 달간 끈질기게 추적한 끝에 얻은 결실이었다. 드디어 무언가가 레이더에 포착된 것 같았다. 아직 확신하기는 일렀지만 긍정적인 신호였다.

"휴마누스 3호 맞아? 확실해? 다른 거 아니야?"

신호는 약했지만 끊기지 않았다.

"휴마누스 3호예요! 확실합니다!"

"찾았어! 역시 폭발했던 게 아니었어! 지금 어디에 있는 거야?"

모두 고대하던 소식에 대원들은 스크린 앞으로 모여 환호했다.

"현재 은경 17시 46분, 은위 -29도 19분에 위치해 있습니다!"

대원들 중 한명이 외쳤다.

"그럼 여기까지 오려면 얼마나 걸릴까?"

벨카가 들뜬 목소리로 물었다.

"이곳 야사B 행성까지 177년 23일 21시간 남았습니다……."

순식간에 주변이 조용해졌다.

"177년……."

벨카는 고개를 떨궜다. 사실은 모두 어느 정도 예상하고 있던 일이었다. 휴마누스 3호는 200년의 우주여행을 목표로 시작된 프

로젝트였고, 현재는 우주선이 지구를 떠난 지 고작 20여 년 정도
가 지난 시점이었기 때문이다.

대원들은 한동안 말이 없었다. 우주선을 발견했지만 시간의 벽
이 그들을 가로막고 있었다.

"하지만 휴마누스 3호가 폭발하지 않았다는 걸 확인한 것만으
로도 만족해요. 다들 감사합니다."

벨카가 대원들에게 고개를 숙여 감사 인사를 전했다.

"우린 모두 그분께 꿈을 빚지고 있으니까, 예의를 갖추는 건 당
연합니다."

대원들은 벨카를 다독였다.

벨카의 희망이 현실이 되는 걸 지켜보면서 대원들은 기쁘고도
슬펐다. 모두가 불가능하다고 말하더라도 포기하지 않는다면 가
능한 꿈들이 있다. 희망하는 자에게만 허락되는 것들이 있다. 실
종됐던 우주선의 생존 신호는 모두에게 그런 의미가 되어 있었다.

"그럼… 177년 뒤에 이곳에 도착할 그들을 위해 기지를 짓는 건
어떨까요? 항공우주국에 건의해 보는 거예요."

대원 중 하나가 말했다.

"기지?"

"일종의 기념관 같은 거죠."

"어디가 좋을까요?"

"착륙 장소를 예측해서 그 주변은 어떨까요?"

"우리가 깃발을 꽂은 곳 주변은 어때요?"

대원들은 벨카보다 들떠서 한마디씩 거들었다.

"가장 높은 곳. 별이 가까운 곳."

벨카가 말했다. 어린 시절 아버지와 함께 올랐던 언덕이 생각났다. 그곳에서 오리온자리 유성우를 봤었다. 우리 가족이 영원히 함께하게 해 달라는 소원을 빌었던 그 언덕. 그런 곳이라면 분명 아버지도 기지를 찾아낼 수 있을 것 같았다.

"그곳에 작은 방을 만드는 겁니다. 아버지의 창고 아지트와 꼭 닮은 방을요."

그날 이후 대원들은 각자의 임무가 끝나는 대로 모여 기지 건설 방법에 대해 이야기했다. 가장 큰 방사능 대피소를 뼈대 삼아, 이곳의 풍부한 나무 자원들을 이용해 보자는 이야기가 오갔다. 그러는 사이 항공우주국에서 기지 건설을 허락한다는 메시지가 도착했다. 기지의 이름은 모두의 의견에 따라 '기억의 방'이 되었다.

*

'기억의 방'은 모두의 정성으로 조금씩 모양새를 갖추어 나갔다. 처음엔 그저 평범한 방사능 대피소에 지나지 않았지만 외벽에 특수 처리된 나무를 덧대어 쌓아 올리면서 따뜻한 오두막 같은 곳으로 바뀌었다. 내부는 아버지의 창고 아지트를 그대로 재현하고자 했다. 벨카가 기억을 더듬어서 방의 도면을 그리면 대원들이 비슷하게 재현하기 위해 아이디어를 내는 식이었다. 덕분에 대원들 모두 그 방에서 살았던 것처럼 방의 모든 면면을 알게 되었다.

문을 열면 가장 먼저 주기율표가 보였다. 모두가 함께 그린 주기율표였다. 창가에 둔 천체망원경은 우주선에 있던 망원렌즈를 이용해 모양이라도 갖추려고 했다. 기능까지는 진짜 망원경을 따라갈 수 없지만 옛날 그 창고 아지트에 있던 천체망원경을 생각나게 하는 모습이었다. 별 모양으로 구멍이 난 별빛 커튼은 우주선에서 쓰던 담요를 잘라 그럴듯하게 만들었고, 우주선 모양의 장난감은 굴러다니는 통조림 캔을 이용해 완성했다.

"가장 중요한 게 하나 남았어. 플라네타륨. 플라네타륨이 필요해."

대원들은 우주선으로 돌아와 플라네타륨을 만들 만한 것이 있을지 찾아보았다. 영사기를 담았던 작은 박스를 찢어 만들면 될 것 같았다.

"박스에 구멍을 뚫고 그 안에 작은 전구를 넣어 빛이 투과되게 한다면 플라네타륨과 비슷하지 않을까?"

그날부터 대원들은 매일 밤 박스에 송곳으로 구멍을 뚫어 남반구와 북반구의 밤하늘을 새기기 시작했다. 며칠간 대원들이 한마음으로 노력해 준 덕분에 거의 완벽해진 플라네타륨이 기억의 방 안을 환하게 밝혔다.

벨카와 대원들은 완성된 방 안을 둘러보았다. 대원 한 명이 벅찬 마음으로 염원하듯 말했다.

"이 방의 주인이 무사히 도착하면 좋겠네요. 아니, 돌아오면 좋겠네요."

"그런데 만약에요, 훗날 이 행성에 도착해서 이곳을 찾지 못하면 어떡하죠?"

이들이 예측한 휴마누스 3호의 착륙 지점으로부터 이곳까지의 거리는 짧지 않았다. 벌판과 숲을 지나 언덕을 한참 올라야만 닿을 수 있었다. 그들이 행성을 구석구석 탐사하지 않는다면, 이곳을 발견하지 못할 가능성도 충분히 있었다.

"로봇을 두고 가는 건 어때요?"

모두가 생각에 잠겨 있는 사이 대원 한 명이 불쑥 말했다.

"로봇?"

"네, 탐사 로봇 하나를 재설정해서 이곳에 두고 가면 어떨까요?"

휴마누스 3호에는 우주인 두 명과 미션 로봇 닉이 함께 탑승했다.

벨카는 기록 보관소 기밀문서에서 읽었던 문장을 기억해 냈다. 177년 후 그들은 함께 이곳에 도착할 것이다. 벨카는 아버지를 만날 수 없겠지만, 로봇이라면 아버지를 만날 수 있을지도 몰랐다.

"로봇은 빛에너지를 이용해 움직일 수 있게 만들고 종료 기능을 탑재하지 않는 겁니다. 지구로 돌아가면 물리적인 거리가 너무 멀어 로봇을 조종하기 힘들고, 혹시 버그로 인해 종료 코드라도 작동되면 곤란하니까요. 이 로봇은 아주 긴 시간 지정 범위를 반복해서 탐사하며 그들을 기다리게 되는 거죠. 그리고 그들을 만나면 이 '기억의 방'으로 안내할 수 있게 프로그래밍 하는 거예요."

모두가 그 의견에 찬성했다. 벨카는 생각했다. 혹시 아버지가 동면의 부작용으로 기억을 잃고 이곳에 도착하더라도 이 로봇이 기억의 열쇠가 될지도 모르겠다고.

"177년 후에는 이 로봇에게도 친구가 생기겠군요. '닉'이라는 이름을 가진."

"그렇다면 이 로봇에게도 이름을 지어 줘야 하지 않을까요?"

"이름… 이름이라… 뭐가 좋을까?"

모두가 또다시 고민에 빠졌다.

몇 달 후 재설정된 로봇이 기억의 방으로 들어섰다. 작동 명령을 기다리는 로봇에게는 아직 이름이 없었다. 꽤나 구식 느낌의 디자인이 되어 버렸지만 두 발로 걸을 수 있었고 팔도 자유자재로 움직일 수 있었다. 인공지능을 탑재하고 있어 인간과 의사소통도 가능했다. 로봇이 이곳에 대한 정보를 최대한 많이 습득할 수 있도록 남은 일정 동안 모든 생활을 함께할 계획이었다. 벨카는 아직은 차가운 고철 덩어리일 뿐인 로봇을 애틋하게 어루만졌다.

"아버지. 이 로봇은 내 삶의 기록이자 당신을 향한 그리움, 그리고 나의 유산이 될 거예요."

벨카는 대원들이 지켜보는 가운데 로봇의 작동 버튼을 눌렀다. 앉아 있던 로봇이 서서히 자리에서 일어나 벨카를 마주보고 섰다.

벨카는 야사B 행성에 머무는 동안 로봇과 함께 '기억의 방'을 자주 드나들었다. 그리고 그 시간 동안 아버지를 떠올렸다. 먼 훗날 이 로봇이 자신을 대신해 아버지를 만나는 상상을 하면서.

*

어느덧 2년이 넘는 탐사 기간이 모두 끝났다. 이제 내일이면 4개월에 걸친 지구로의 귀환이 시작될 예정이었다. 벨카는 마지막으로 행성의 언덕을 올랐다. 아직 이름이 없는 로봇도 함께였다.

"내가 없어도 이 언덕을 오르내릴 수 있어야 할 텐데."

"걱정 마. 난 로봇이니까 저장된 경로라면 얼마든지 갈 수 있어."

로봇은 아이처럼 대답했다.

"그래도 너랑 헤어진다고 생각하니 좀 슬프네."

"난 슬픔을 모르지만 너를 볼 수 없다고 생각하니 나도 조금 쓸쓸해져."

쓸쓸하다는 말은 대체 어디서 배운 걸까? 오늘따라 이 언덕길이 짧게 느껴졌다. 로봇의 모습을 눈에 충분히 담고 싶었는데 정상까지 너무 빨리 도착해 버린 것 같았다.

언덕의 정상에 오른 벨카는 하늘을 올려다보았다. 길잡이 별인 북극성과 남십자성은 보이지 않았지만 저 먼 어딘가에 아버지가 있었다. 무수한 별들 사이를 지나 아버지의 우주선이 날아오고 있었다. 로봇이 말을 걸어왔다.

"뭘 그렇게 열심히 보고 있는 거야?"

"저기 가장 밝은 별이 오고 있잖아. 안 보여?"

로봇에게는 특별할 것 없는 밤하늘이었다. 하지만 벨카는 이곳에 올 때마다 매번 새롭다는 듯 하늘을 보며 '가장 밝은 별'에 대한 이야기를 했다. 물론 로봇은 단 한 번도 그 말의 의미를 이해하지 못했다.

"저 별은 내 아버지야."

나의 길잡이 별. 나의 나침반. 검은 밤하늘에 외롭게 떠 있는 별. 모두가 잊었지만 분명히 거기 있는 별. 나의 아버지…….

벨카는 하늘을 향해 팔을 뻗었다. 무수한 별빛이 벨카와 로봇에게로 쏟아지는 듯했다. 마치 불꽃놀이처럼…….

*

벨카는 '기억의 방' 앞에 섰다. 이 문을 여는 것도 이게 마지막이 될 것이다. 그리고 아마 177년 동안 다시 열리지 않겠지.

"시간을 넘어, 공간을 넘어, 당신을 만나러 왔어. 어느 시간, 어느 공간에 있더라도 우리는 서로를 알아볼 거야. 잊지 마."

벨카의 품에는 작은 상자 하나가 들려 있었다. 눈을 감고 상자를 소중히 매만지고는 크게 심호흡을 했다. 그러고는 '기억의 방' 문을 열었다.

"먼 훗날 당신이 이 문을 열어 볼 수 있게……."

눈부시게 환한 빛이 벨카를 향해 쏟아졌다.

6.
라이카와
벨카

프리즘 펜던트에 대한
기억

라이카와 벨카는 각자의 시간대에서 '기억의 방'으로 들어섰다.
손전등을 켜자, 방이 조금씩 모습을 드러내기 시작했다.
주기율표, 천체망원경, 별빛 커튼, 우주선 장난감……
이 방은 지구에 있던 라이카의 창고 아지트를 닮아 있었다.
지구를 떠나올 때 라이카가 벨카에게 물려주었던 그 방과…….
라이카와 벨카는 물건들을 하나하나 쓰다듬었다.
그러자 과거의 기억이 두 사람을 차례로 찾아왔다.

*

"와, 엄청 멋지다!"

"이제부턴 이 방이 네 방이 될 거야."

"진짜?"

"자, 이건 망원경이야."

"망원경?"

"갈릴레오 갈릴레이가 처음 우주를 관측했을 때 썼던 것보다 300배나 더 좋은 거야. 운이 좋은 날에는 토성의 고리까지 볼 수 있어!"

"우와! 아빠, 이건 뭐야?"

"주기율표."

"주기율표? 아빠가 제일 좋아하는 거네?"

"이게 세상의 시작이거든. 세상 모든 것은 원소로 이루어져 있어. 예를 들면 공기나 물."

"나뭇잎이랑 꽃도?"

"바람과 나비도."

"구름과 별!"

"달과 은하수!"

"아빠, 이건 뭐야?"

"이건 지구본이야. 아빠가 지구의 중력을 벗어나면 보게 될 풍경이야."

"나도 언젠가 볼 수 있을까?"

"아빠처럼 멋진 우주 비행사가 된다면?"

"우주 비행사…?"

"아빠는 이걸 타고 우주로 가야만 해."

"……."

두 사람의 목에 걸려 있는 프리즘 펜던트가 빛을 발하기 시작했다. 마치 마법처럼.

라이카와 벨카는 프리즘 펜던트를 소중하게 손에 쥐었다. 그러자, 각자의 시간과 공간을 넘어 함께 있는 것 같은 기분이 들었다.

라이카는 우주로 떠나오기 전날 밤 벨카에게 프리즘 펜던트를 목에 걸어 주며 했던 말을 기억해 냈다.

"이건 시간과 공간을 흐리는 마법의 펜던트야. 아빠가 보고 싶을 때는 이걸 꼭 쥐고 얘기해 봐. 그럼 아빠가 들을 수 있어."

프리즘 펜던트를 손에 꼭 쥔 벨카가 고개를 끄덕였다.

"응! 아빠, 나도 아빠처럼 미션명을 갖고 싶어."

"미션명? 그래, 뭐가 좋을까?"

"라이카보다 멋진 걸로!"

"음… 벨카…! 벨카는 어떨까?"

"벨카? 와 멋있다!"

"벨카의 미션은 엄마를 잘 돌보는 거. 그리고 용감하고 씩씩한 멋진 어른이 되는 거야. 알았지?"

"응!"

"자! 미션명이 뭐라고?"

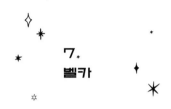

7.
벨카

"벨카. 이게 내 이름이야."

플라네타륨이 기억의 방 벽면과 천장에 환한 별들을 가득 수놓았다.

어느새 벨카 곁으로 다가온 탐사 로봇이 '벨카'라는 단어를 인식하고는 그에 대한 자료를 검색했다. 탐사 로봇의 음성이 방 안에 울려 퍼졌다.

"벨카. 1960년 우주견 스트렐카와 함께 우주로 나갔던 강아지의 이름이다. 이들은 지구 상공 궤도를 17바퀴 돈 뒤 무사히 지구로 귀환했다."

벨카는 그제야 라이카가 지어 준 미션명의 비밀을 알 것 같았다. 우주선에 올라탔던 우주견 '벨카'가 자신의 미션명이 된 이유를. 그건 단순한 이름이 아니었다. 메시지였다.

오래전 우주선에 탄 벨카는 대기를 뚫고 무거운 중력을 벗어났다. 지구에는 없는 고요가 그를 찾아왔을 때, 그는 보았다. 창백하고 푸른 별, 아름다운 지구를… 그러고는 무사히, 집으로 돌아왔다…….

벨카의 눈에서 눈물이 흘렀다.

벨카가 길을 잃지 않기를 바라는 마음. 혹시 길을 잃더라도 무사히 집으로 돌아갈 수 있기를 바라는 마음. 그것이 벨카가 벨카인 이유였다.

"그런데 아빠, 스푸트니크 2호에 탔던 라이카는… 돌아오지 못했잖아. 영영… 돌아오지 못했잖아……."

벨카는 1957년 스푸트니크 2호를 타고 지구 밖으로 나간 최초의 생명체였던 라이카를 떠올렸다. 마치 '라이카'라는 미션명에 아버지가 겪을 모든 운명이 이미 새겨져 있었던 것만 같았다.

한참을 주저앉아 울던 벨카는 이제 곧 떠나야 한다는 사실을 상기하고 자리에서 일어났다. 벨카는 자신을 따라 기억의 방을 나서는 탐사 로봇을 돌아보며 말했다.

"드디어 네 이름을 정했어."

로봇이 기쁜 듯 되물었다.

"내 이름?"

"응. 네 이름은 '스트렐카'야. 스트렐카는 벨카와 같이 우주선에 탔던 강아지 이름이야. 둘은 끝까지 함께였고 또 하나였어."

"함께였고 하나였어?"

"응. 나는 네가 되고 너는 내가 되는 거야. 네가 나 대신 아빠를 만나 줘. 그럼 아빠는 나를 만난 것처럼 기뻐할 거야."

벨카를 향해 다가오던 스트렐카가 걸음을 멈췄다.

"알겠어. 그럼 난 여기에서 그를 기다릴게."

"부탁해."

벨카는 스트렐카의 품에 자신이 안고 있던 상자를 넘겨주었다. 상자를 받아 든 스트렐카는 더 이상 벨카를 따라오지 않고 플라네타륨 옆에 조용히 자리를 잡고 앉았다.

벨카는 마지막으로 기억의 방을 둘러보았다.

"아버지, 이제는 더 이상 길을 잃지 않기를 바라요… 그리고 나를 기억해 주세요."

벨카가 기억의 방을 나서자 방은 한순간 어둠에 휩싸였다. 스트렐카는 앞으로 177년 동안 아무도 방문하지 않을 방에 앉아 라이카를 기다리기 시작했다.

8.
라이카

"벨카, 너였구나. 여기 먼저 온 사람이. 날 위해 이 방을 만든 사람이……."

라이카는 이 방이 지구에 있던 자신의 창고 아지트라는 걸 한눈에 알아보았다. 방은 익숙한 물건들로 채워져 있었다. 주기율표, 천체망원경, 별빛 커튼, 흩어져 있는 우주선 장난감들.

"집에… 돌아온 것 같아."

눈물로 시야가 뿌옇게 흐려졌다. 이곳을 꾸미고 있는 벨카의 모습이 보이는 것만 같았다. 라이카는 방 안에 있는 플라네타륨을 발견했다. 버튼을 누르자 방 안이 환하게 밝아졌다.

"북극성과 남십자성까지… 지구의 모든 밤하늘이 여기에 있네."

별빛 아래 서 있는 라이카에게 스트렐카가 다가왔다.

"난 스트렐카야. 아주 오랫동안 여기서 당신을 기다렸어."

라이카는 허리를 숙여 스트렐카와 눈을 맞췄다.

"아주 오랫동안? 얼마나?"

"177년."

라이카는 아들을 보듯 스트렐카를 바라보더니 덥석 끌어안았다.

"스트렐카. 벨카가 너에게 그 이름을 지어 줬니?"

그러자 스트렐카는 177년 전 벨카가 자신에게 했던 말을 똑같이 해 주었다.

"네 이름은 스트렐카야. 스트렐카는 벨카와 같이 우주선에 탔던 강아지 이름이야. 둘은 끝까지 함께였고 또 하나였어. 나는 네가 되고 너는 내가 되는 거야. 네가 나 대신 아빠를 만나 줘. 그럼 아빠는 나를 만난 것처럼 기뻐할 거야."

스트렐카는 먼지가 뽀얗게 쌓인 상자를 안고 라이카에게 왔다. 라이카가 그 상자를 조심히 받아 열자, 벨카가 우주 비행사가 되었을 때 받은 임명장과 빛나는 황금 배지가 보였다.

"우주 비행사가 되었구나."

라이카는 임명장과 배지를 조심스레 쓰다듬었다. 자신을 만나러 오기 위해 열심히 공부하고 훈련했을 아들의 모습이 그려져 입가에 옅은 미소가 떠올랐다. 라이카는 상자에서 작은 태블릿 PC도 발견했다. 태블릿 PC를 켜자 화면 가득 사진이 떠올랐다. 벨카가 여섯 살이 되던 해 찍었던 마지막 가족사진이었다. 라이카가 가지고 온, 빈 액자에 담겨 있던 사진일 것이었다.

태블릿 PC에 저장된 사진들을 한 장 한 장 넘겨 보았다. 자신이 떠난 이후에도 아내와 벨카가 해마다 찍은 사진이 있었다. 사진 속 그녀는 조금씩 나이가 들고 있었고, 아이는 어른이 되고 있었다. 마지막 사진은 우주복을 입고 경례하는 벨카의 모습이었다. 이곳 야사B 행성으로 떠나기 직전의 모습인 것 같았다.

어디선가 벨카의 목소리가 들리는 듯했다.

당신의 시간이 멈춰 서고.

라이카는 목소리에 응답하듯 속삭였다.

"나의 시간이 거꾸로 흐른다면."

우린 어느 시간대에서 만날 수 있을까?

"딱 한 번이라도 그럴 수 있다면… 벨카."

당신도 더 이상 길을 잃지 않기를… 그리고 나를 기억해 줘.

라이카는 한참을 울었다. 어느새 플라네타륨이 작동을 멈추고 모든 것이 현실로 돌아왔다. 어두운 방 안에는 라이카와 스트렐카만 남아 있었다. 스트렐카가 말을 걸었다.

"당신이 알아야 할 것이 있어."

"알아야 할 것?"

스트렐카는 자신의 왼팔에 설치되어 있는 영사기로 한쪽 벽면에 영상을 투사했다. 벨카가 라이카를 위해 저장해 놓은 것이었다.

라이카는 영상을 응시했다. 벨카가 기록 보관소에서 보았던 자료가 재생되고 있었다. 벨카가 이곳에 오기 전부터 어떤 방법을 써서라도 라이카에게 알려야겠다고 다짐했던 내용이었다.

"〈휴마누스 3호 프로젝트에 대한 논란과 비판〉. 휴마누스 3호 프로젝트에 투입된 전체 예산 중 민간기업의 예산이 70퍼센트를 넘겼으며, 이들 기업의 대부분은 의학, 제약 계열과 관계가 있었다. 휴마누스 3호 프로젝트의 목적은 지구의 대안 행성을 찾는 것만으로 국한되지 않았다. 이 프로젝트에는 알려지지 않은 또 하나의 임무가 있었다. 그것은 인체냉동기술과 동면에 의한 뇌의 활동 변화, 그리고 기억의 상관관계에 대한 연구였다……."

*

　라이카와 K박사가 참여한 휴마누스 3호 프로젝트는 초반부터 많은 문제에 시달렸다. 먼저 발사되었던 휴마누스 1, 2호가 실패한 탓에 자금을 조달하기가 쉽지 않았을뿐더러, 비판적 여론도 거셌다. 두 차례나 실패한 프로젝트를 또다시 추진하면서 누군가의 희생을 요구하는 것이 과연 바람직한 방향인지 많은 이들이 의문을 제기했다. 예산 협상 난항에 반대 여론까지 거세지자 프로젝트는 잠시 중단되었다.

　박사가 휴마누스 3호 프로젝트에 공식적으로 참여한 지 6개월이 지나도록 아무런 진전이 없었다. 박사는 이 상황이 답답하기만 했다. 드디어 많은 사람들이 자신을 존경의 눈으로 봐 주기 시작했는데, 이대로 포기할 수는 없는 노릇이었다. 프로젝트를 통과시킬 방법을 고심하던 박사는 의학계에 몸담으며 알게 된 연구 집단과 제약 회사로 연락을 취했다. 그들을 프로젝트에 이용하기로 마음먹은 것이다. 휴마누스 3호에서 그들이 필요로 하는 실험을 진행하고, 그 대가로 예산을 확충하는 것이 박사의 목표였다.
　박사는 우주산업을 후원하는 의학계 및 제약업계 관계자들이 모이는 자리에 자주 얼굴을 비추었다. 그의 연설은 자극적이고 차가웠지만 호소력 있었다.

"어느덧 우리 과학기술은 비약적으로 발전해 인체냉동기술을 활용한 수명 연장의 꿈을 목전에 두고 있습니다. 그러나 낡은 사회 제도와 윤리관은 과학기술 발전의 걸림돌이 되고 있습니다. 항공우주국은 인간을 실험 대상으로 삼을 수 없다는 이유로 기업들의 요구를 모른 척해 왔습니다. 휴마누스 3호 프로젝트가 진행된다면 저는 무려 200년의 우주여행을 떠나며, 제 자신의 신체 세포를 냉동시키고 긴 동면에 들어갈 계획입니다. 이건 뇌가 장기간 비활성화된 경우 기억 보존에 어떠한 영향을 미치는지 실험할 수 있는 절호의 기회입니다. 만약 여기 참석해 주신 분들이 이번 프로젝트를 지원해 주신다면, 이번 연구는 인체냉동보존 및 세포 재활성화 기술의 진보에 위대한 한 걸음이 될 것입니다."

박사의 연설이 끝나자 여기저기에서 의심과 비난의 목소리가 빗발쳤다. 그러나 박사는 그들을 보며 확신했다. 이 프로젝트의 정당성만 납득시킨다면 이곳에 모인 기업가와 재벌 총수들의 지원을 받는 것은 어려운 일이 아닐 거라고.

가진 것이 많은 자들일수록 죽음을 두려워했다. 병에 의한 죽음이라면 더욱 그랬다. 그들은 자신의 병을 치료할 의학 기술이 발전할 때까지 살아남기를 원했다. 세포를 냉동하고 보존하는 기술은 거의 완성 단계에 이르렀지만 인간을 규정하는 정체성, 즉 기억과 경험까지 보존될지는 미지수였다. 동물실험에 따르면, 세포 냉동으로 인한 동면이 긴 시간 지속될 경우 실험체는 잠들기 전의 상태를 그대로 유지하지 못했다. 기억에 문제가 생겼고 행동 패턴도 자연스럽지 않았다. 그러나 사라진 기억이 무엇인지, 왜 지워졌는지에 대한 연구는 진전이 없었다.

"인간을 대상으로 한 연구는 꼭 필요하지만, 윤리적인 문제에 부딪쳐 시도조차 하지 못하고 있습니다. 하지만 단 한 번의 실험으로 과학기술의 비약적 발전에 이바지하고 수많은 사람들을 이롭게 할 수 있다면 이것만큼 존엄한 실험이 어디 있겠습니까?"

순식간에 장내가 조용해졌다. 만약 이번 실험으로 인체냉동기술이 발전하여 상용화된다면 가장 먼저 수혜를 입게 될 집단은 바로 이곳에 모인 사람들일 것이다.

"200년 동안의 우주여행이 유례가 없었던 것처럼 이 여행에 동반될 200년의 동면 역시 유례가 없는 일입니다. 이것은 일생일대의 기회입니다. 제가 바로 그 실험 대상이 되겠습니다. 우리는 언제 다시 올지 모르는 이 기회를 반드시 잡아야만 합니다."

사람들이 술렁거리기 시작했다. 반신반의한 마음이었지만 스스로 실험 대상을 자처하는 박사에게 그러지 말라고 청하는 이는 없었다. 그들의 위선과 권위 의식은 호소력 짙은 박사의 연설에 정당성을 불어넣었다.

"제약 회사에서 오래전부터 실험해 오던 약이 있습니다. 기억 보존과 관련된 약이죠. 이미 동물실험을 마친 이 약이 인간의 몸에도 똑같이 작용한다면 오랜 동면에서 깨어난 후에도 우리는 모든 기억을 유지할 수 있습니다. 먼 미래에 깨어난다 하더라도 여전히 자기 자신일 수 있다는 이야기입니다. 하지만 이 약을 투약하지 않은 사람들은, 글쎄요… 뭐가 되어 있을지는 알 수가 없겠지요."

장내가 다시 숙연해졌다. 박사는 힘 있고 자신감 넘치지만 부드러운 말투로 좌중을 향해 말했다.

"우리에겐 기술이 있습니다. 그리고 성공할 자신도 있습니다. 대안 지구를 개척하는 미션에 기억 보존에 대한 연구가 추가된다면, 휴마누스 3호 프로젝트는 인류 역사상 가장 중요한 이정표가 될 것입니다."

마침내 여기저기서 박수가 터져 나왔다. 연설을 마치고 단 며칠 만에 수많은 의학 연구 단체와 제약 회사들이 자금을 대겠다고 손을 들고 나섰고, 항공우주국 안에서 박사의 위상은 날로 높아져 갔다. 그러자 그는 이 미션에 동참할 우주 비행사를 찾는데 더욱 적극적으로 관여하기 시작했다.

그리고 어느 날, 박사는 벨카와 함께 잔디밭에서 놀고 있는 라이카를 발견했다. 강아지에게 프리스비를 던져 주는 두 사람은 행복해 보였다.

"뭘 잃어버리게 될지 알고 싶다면, 먼저 그가 뭘 가지고 있는지부터 알아야지."

박사는 중얼거렸다. 그러고는 주머니에 있던 유리병을 꺼내 보았다. 아직 임상 시험 단계에 있는 붉은빛 알약이 햇빛을 받아 반짝거렸다.

박사가 연설할 때 말하지 않은 것이 하나 있었다. 그들에게는 중요하지 않지만 박사에게는 중요한 가설이었다. 그것은, 감정과 연관된 기억은 인간이 생존하는데 반드시 필요한 요소가 아니며 감정은 뇌가 일으키는 화학 작용일 뿐이라는 것이다. 그러므로 동면의 영향으로 기억을 잃게 되더라도, 약을 복용하지 않은 이는 감정과 연결된 기억만을 잃을 것이고, 생존에 필요한 기억은 보존될 거라고 추측했다.

감정은 중요하지 않으니까. 인간 생존에 필수적이지 않으니까. 자신도 그렇게 살아왔으니까. 감정은 의미가 없어야 했다. 아무런 의미가 없어서 쉽게 사라지는 것이어야 했다.

그래야 박사의 삶에도 의미가 생기기 때문이었다.

박사는 라이카와 벨카에게 다가갔다. 얼굴 근육에 힘을 풀고 입꼬리를 올렸다. 눈을 반달 모양으로 만드는 것도 잊지 않았다. 그리고 라이카에게 말을 걸었다.

"안녕하세요. 이곳에 자주 나오시나 봐요. 아빠와 아들이 함께 하는 모습이 너무 보기 좋습니다."

벨카는 예의 바르게 고개를 숙여 인사했고 라이카는 박사가 내민 손을 잡았다. 이후 라이카는 박사와 자주 시간을 보냈고, 어느 날 박사의 연구실에 붙어 있는 '휴마누스 3호 우주인 선발 공고' 포스터를 보았다. 그런 라이카를 바라보며 박사는 자신과 함께 우주선에 올라타지 않겠느냐고 다시 한번 더 그에게 손을 내밀었다.

*

라이카는 혼란스러운 표정으로 영상 속 보고서를 계속 읽어 나갔다.

"세포 활성 촉진 약물이 장기간 비활성화된 뇌에 미치는 영향에 대한 임상 시험. 약물을 투약한 시험체 A와 투약하지 않은 대조 시험체 B를 비교 관찰하며, 동면에 의한 인간의 뇌 변화와 기억의 상관관계를 연구한다……."

'실험이 있었다고?'

라이카는 스트렐카가 투사하는 영상을 몇 번이고 다시 보았다. 200년의 시간을 들여 이곳까지 왔는데 만나게 된 진실이 고작 이런 거라니. 사랑하는 아내와 아들, 200년이라는 시간, 그리고 잃어버린 삶. 이 모든 건 그 어떤 방법을 써도 되돌릴 수 없었다.

그때 '기억의 방' 문이 철컥 소리를 내며 열렸다. 그 앞에는 K박사가 서 있었다.

"제가 단독 행동은 하지 말라고……."

그는 방 안을 보며 순간 말을 멈췄다.

"여긴… 누가 만든 곳이죠?"

박사는 성큼성큼 라이카를 향해 걸어왔다. 바닥에 놓여 있던 캔으로 만든 우주선이 그의 발에 밟혀 찌그덕 소리를 내며 짜부라졌다.

"닉도 여기에… 아니, 이 로봇은 대체 뭐죠?"

박사는 스트렐카를 보고 묻더니 이내 스트렐카가 투사하고 있는 화면으로 시선을 옮겼다. 자신이 이제껏 라이카에게 말하지 않았던 진실이 그곳에 전시되어 있었다. 박사는 라이카를 바라봤다. 라이카의 몸이 떨리고 있었다.

"여기 적힌 게 모두 사실입니까? 정말 이런 실험이 있었던 겁니까?"

"의학 연구 단체와 제약 회사들은 오랫동안 우주산업에 투자해 왔어요. 바로 이 실험을 위해서."

"저는 이런 실험에 동의한 적 없습니다. 전 대안 지구 탐사 프로젝트에 참여했을 뿐이라고요!"

"정부와 항공우주국도 동의한 사항입니다."

"저의 동의는요? 정작 저는 아무것도 몰랐다고요! 당신은 이 모든 걸 알고도 동의한 겁니까?"

박사가 고개를 갸웃했다.

"이 실험의 대상은 당신이 아니라 나입니다. 약물을 투약한 피실험자는 바로 나란 말입니다. 당신은 그저 계획대로 우주선을 탔고, 동면에 들었을 뿐입니다. 난 당신 동의 없이 당신의 몸에 손댈 권리가 없습니다."

"그래도 이 프로젝트에 얽힌 모든 사실에 대해서는 내게도 알려야 했습니다!"

라이카는 자신도 모르는 사이 자신의 인생이 실험의 비교 데이터가 되었다는 사실에 화가 났다. 게다가 유일한 동료라고 생각했던 박사가 이 모든 걸 숨기고 있었다는 건 더더욱 받아들이기 힘들었다.

"저는 여기까지 오면서 우리가 동료 이상의 우정을 나누었다고 생각했습니다."

박사는 그럴 리 없다는 듯 고개를 저었다.

"우정이요? 전 그런 걸 알지 못합니다. 우린 그저 각자의 미션을 수행했을 뿐 아닙니까?"

"그럼 당신과 나의 관계는 실험 대상과 대조 실험 대상, 그뿐이었단 말입니까?"

박사는 말이 없었다.

"이익을 위해서라면 무슨 짓이든 해도 되는 겁니까? 당신과 내 인생이 고작 실험 데이터가 되어 버렸는데! 당신은 정말로 괜찮다는 겁니까?"

박사는 언성을 높이는 라이카를 여전히 이해하지 못하는 것 같았다.

"그들은 우리에게 기회를 준 겁니다. 위대해질 기회를요. 우린 영웅이에요. 세상은 결코 공평하지 않다는 걸 아시지 않습니까? 기회조차 갖지 못한 인생도 아주 많습니다. 하지만 우리는 선택받았고, 역사에 영원히 기억될 겁니다."

"영웅 따위 되고 싶었던 적 없어요! 내 인생을 버리고 얻은 영광이요? 그런 걸 바란 적은 단 한 번도 없습니다! 그들은 우리 인생을 이용한 거라고요."

라이카는 자신이 놓쳐 버린 시간들에 대해, 그리고 잃어버린 사람들에 대해 생각했다. 아내와 아이, 그들은 날 원망했을까? 아니면, 날 위해 울었을까? 내가 가족을 까맣게 잊은 줄도 모르고 오랜 시간 나를 그리워했을까? 가족을 생각하자 라이카는 더욱 화가 치밀어 올랐다.

"이건 의미 없는 실험입니다!"

"아뇨. 이건 성공적인 실험이었습니다. 아주 큰 의미가 있죠. 당신이야말로 이 실험의 결과를 똑바로 보십시오. 당신은 감정과 관련된 모든 것들을 지웠습니다. 하지만 생존에 필요한 기억들은 유지했죠. 난 당신을 통해 감정은 생존에 필수 요소가 아니라는 결과를 도출해 냈어요."

박사는 라이카의 말에 냉정하고 평온한 태도로 맞서고 있었다. 두 사람은 지금까지 자신이 지키고자 한 것들을 빼앗기지 않으려고 분투하고 있었다.

"실험의 결과? 난 다시 기억해 냈어요. 그러니까 당신의 실험은 실패한 겁니다."

"관점에 따라서는 그럴 수도 있겠죠. 하지만 기억이 재생되기 전 망각을 확인한 건 유의미한 결과입니다."

"감정이란 건 실험으로 증명할 수 있는 그런 게 아니야!"

박사는 화를 내며 소리치는 라이카를 차분한 표정으로 바라보다 그를 향해 성큼 다가갔다.

"당신은 그 아이를 잊었어. 스스로 선택해서 지운 거야. 정말 사랑했다면 그렇게 소중하다는 그 기억만은 지켰어야지!"

"잊어버린 게 아니야. 난 다시 기억해 냈어. 시간이 조금 걸렸을 뿐이야."

"아니, 나보고 진실을 숨겼다고 하더니 지금 진실을 숨기는 게 누구지? 망각에 대한 죄책감은 스스로에게 주는 면죄부일 뿐이야."

라이카의 흔들리는 눈동자를 본 박사는 그가 두려워하고 있다는 걸 알아챘다. 라이카는 박사의 말에 크게 동요하고 있었다.

"당신 아들의 일은 이미 먼 과거가 됐어. 더 이상 존재하지도 않는 사람에 대한 기억이 그렇게 중요한가? 이제 와서 그게 무슨 의미가 있지? 잘 생각해 봐. 우주선을 탈 때 당신이 무슨 말을 했는지. 당신은 '이 탐사는 아내와 아이의 미래를 위해 중요한 일'이라고 스스로를 합리화했어. 모든 선택은 당신이 스스로 한 거야."

"아니야! 그럴 리 없어!"

"그렇게 우주선에 탄 당신이 내 가설의 첫 번째 증명이었고, 수많은 기억 중 그 애를 지운 당신이 내 가설의 두 번째 증명이야. 감정 따윈 애초에 무의미해. 뇌의 활동이 멈추면 사라지는, 딱 그 정도일 뿐이라고."

라이카는 박사의 말에 가슴을 치며 외쳤다.

"그래! 어쩌면…! 난 죄책감에 아이에 대한 기억을 지웠을지도 몰라. 하지만 그 아이를 생각하면 가슴이 아파. 숨이 잘 쉬어지지 않을 만큼! 이건 뭐라고 설명해야 하지?"

가슴에 손을 얹고 피를 토하듯 이야기하는 라이카의 말에, 박사는 아무런 대꾸도 하지 않았다. 그리고 잠시 후 기억의 방을 나가

버렸다. 혼자 남은 라이카는 엎드린 채 아이처럼 오랫동안 엉엉
울었다.

9.
라이카와
벨카

기억의 방에서

얼마나 시간이 흘렀을까? 무릎에 고개를 파묻은 채 미동이 없던 라이카가 고개를 들었다. 표정 없던 얼굴에서 허탈한 웃음이 잠시 스쳐 지나갔다. 다시 눈물이 흘러내렸다.

"이제 다 기억나. 우주선에 탔던 그날이. 내가 널 떠났던 그날이."

*

그날은 휴마누스 3호를 발사하던 날이었다. 많은 사람들이 우주선을 향해 손을 흔들었다. 200년이라는 긴 시간 동안 여행을 떠나는 이들에 대한 존경과 애처로움은 박수와 함성에 묻어났다. 축제와도 같은 분위기 속에 단 한 사람, 아내만은 벨카를 안고서 울고 있었다. 그녀의 품에 안긴 벨카는 이 상황을 아는지 모르는지 아빠를 향해 웃으며 손을 흔들었다. 그 모습을 본 라이카도 아들을 향해 손을 흔들었다. 마지막 인사였다.

라이카는 속으로 중얼거렸다.

'벨카. 네가 자라는 모습을 보고 싶었는데. 함께 별을 보고, 네가 웃고 우는 그 모든 시간들에 함께이고 싶었는데…….'

＊

라이카는 기억의 방 안을 서성였다. 어떻게든 아들을 만나고 싶었다. 무슨 방법을 써서라도, 단 한 번만이라도 좋으니 아들을 다시 품에 안고 싶었다. 하지만 어떻게 해야 할까… 시간을… 시간을 되돌릴 수는 없는 걸까… 그런 방법은 정말 없는 걸까…….

라이카는 기억의 방 바닥에 주저앉아 우주선이었던 찌그러진 캔을 잡고 뭔가를 써 내려가기 시작했다. 수식이었다.

우주의 모든 운동은 계산이 가능하지만 그 방향은 정해져 있지 않다. 시간에 방향이 없다면 시간의 톱니바퀴를 반대로 돌릴 수도 있지 않을까… 수학의 세계에서라면 가능할지도 몰랐다. 라이카는 정신이 나간 사람처럼 수식을 써 내려갔다. 바닥에 어지러운 수식들이 가득 채워졌다. 그 위로 땀과 눈물이 떨어졌다. 날카로운 캔 조각에 손이 베여 피가 흐르는 줄도 모르고 라이카는 계속해서 수식을 써 내려갔다. 마치 이 수식을 풀어낸다면 아들을 다시 만날 수 있기라도 한 것처럼.

그런데 문득, 어느 순간, 라이카의 손이 점점 느려지기 시작했다. 라이카는 쥐고 있던 캔 조각을 떨어트렸다.

"그럴 수 있다 해도… 그래도 난……."

*

지구를 떠나기 전날, 집을 나서는 라이카에게 그녀는 물었다.

"정말로… 갈 거야?"

"이미 정해진 일이야. 알잖아."

그녀는 체념한 듯한 목소리로 말했다.

"저 아지트에 틀어박힌 날부터 당신 완전히 다른 사람이 됐어. 저 안에서 대체 무슨 일이 있었던 거야?"

아지트는 어린 시절 라이카의 방을 떠올리게 했다. 라이카는 그 방에서 천체망원경으로 처음 보았던 별을 잊을 수 없었다. 꿈의 시작. 별은 라이카에게 꿈 그 자체였다. 하지만 꿈은 라이카와 가족이 먹고살 만큼의 돈을 가져다주지는 못했다. 그래서 라이카는 우주를 향한 꿈을 접고 그 꿈과 가장 가까운 곳에서 생계를 꾸리는 것을 선택했다. 인공위성과 우주선 엔진을 만드는 일이었다.

그러던 때에 그 공고를 보았다. 휴마누스 3호 프로젝트 우주인 모집 공고였다. 묻어 두었던 꿈이 다시 고개를 치켜들었다.

"미안해."

라이카는 그녀에게 말했다. 그때 잠에서 깬 벨카가 눈을 비비며 현관 쪽으로 걸어 나왔다. 라이카는 벨카를 안아 올리며 말했다.

"벨카, 아빠가 준 미션 기억하지?"

"멋진 어른이 되는 거?"

"그리고?"

벨카는 엄마 쪽을 살짝 돌아보곤 비밀이라는 듯 입모양으로만 답했다.

"엄마를 잘 돌보는 것!"

"맞았어."

라이카는 마지막으로 그녀와 벨카를 품에 안으며 말했다.

"다녀올게."

라이카는 수식을 쓰던 손을 멈추고 머리를 감싸 안았다. 이곳에 오기까지 거쳤던 수많은 순간들이 이제야 선명하게 기억났다. 영화를 되감기 하듯 과거의 기억들이 시간을 거슬러 하나씩 라이카를 찾아왔다. 환호하는 사람들 속에서 울고 있던 아내와, 엄마를 잘 돌보겠다고 씩씩하게 대답하던 벨카. 벨카와 함께 오퍼튜니티와 스피릿 이야기를 했던 그 아지트. 휴마누스 3호 프로젝트 지원서를 쓰던 밤. 그리고 벨카가 태어나던 날. 아내와 사랑을 확인했던 순간. 별이 쏟아져 내리던 유성우의 밤. 천체망원경으로 별을 봤던 시간들. 우주선 장난감을 갖게 되었던 날. 수많은 별자리를 줄줄 읊었던 유난했던 어린 시절. 책에서 처음으로 아름다운 지구의 모습을 본 순간…….

시간을 되짚어 도달하게 된 그곳에는 어린 라이카의 꿈이 있었다. 별에 닿고 싶다는 꿈이. 결국 그 힘이 라이카를 여기까지 데리고 왔다는 사실을, 라이카는 마지막의 마지막이 되어서야 깨닫고 말았다. 자신을 지금 이곳으로 데려온 건 K박사가 아니라 자신이었음을. 절대 바꿀 수 없는 운명이라는 것을.

"미안하다. 미안해……."

목에 걸려 있는 프리즘 펜던트를 바라보며 라이카는 177년 전 이곳에 서 있었을 벨카를 생각했다.

*

"아버지, 당신이 여기 도착할 때쯤엔 나는 이곳에 없을 거예요. 나는 당신의 시간보다 빠르게 달려서 당신을 앞질러 왔으니까요. 당신이 긴 여행 끝에 도착했을 땐 이곳이 어떻게 바뀌어 있을지 궁금해요. 아버지가 지구에 돌아왔다고 생각할 수 있을 만큼, 그리운 모습 그대로일까요?"

기억의 방의 문을 닫고 나온 벨카는 쉽사리 걸음을 뗄 수 없었다. 벨카는 멈춰 서서 기억의 방을 돌아보며 생각했다. 하고 싶은 말이 아직 너무나도 많았다. 사실 그리움의 이면에는 너무나 깊은 원망이 도사리고 있었다. 도대체 왜 우리를 버리고 떠났을까. 벨카는 평생 아버지를 이해하려 노력했다. 하지만 어떤 날은 그게 잘되지 않았다. 바로 라이카의 기일이 되어 버린 벨카의 생일날이었다. 벨카는 라이카가 떠난 후 맞은 모든 생일들을 떠올렸다. 어린 날의 벨카는 생일 케이크를 앞에 두고 웃어야 할지 울어야 할지 늘 망설였다. 그럼에도 불구하고 케이크의 촛불을 불 때마다 빌었던 소원이 있었다. 단 한 번이라도 좋으니까 아버지의 목소리를 듣고 싶다는 소원이었다.

'생일 축하한다, 아들. 정말 사랑한다. 나의 아들, 나의 벨카.'

그리고 자신이 꼭 해 보고 싶은 말이 있었다는 것도 기억해 냈다. 남들은 아무렇지 않게 부르지만 벨카는 말할 수 없었던 두 글자.

아빠. 아빠. 아빠…….

이제는 돌아가야 했다. 벨카는 옷매무새를 가다듬고 몇 걸음 뒤로 물러섰다. 그리고 아버지에게 경례를 남겼다. 아버지에게 처음으로 하는 경례였다.

"지구로의 귀환을 앞두고 야사B 탐사에 대한 결과를 보고합니다. 우리는 2년 전 이곳에 인류 최초의 발자국을 찍었습니다. 이후 2년간의 탐사를 마치고 웜홀을 이용해 지구로 귀환할 예정입니다. 대안 지구를 찾는 미션은 실패했지만, 이번 탐사가 새로운 대안 지구로 향하는 중요한 초석이 되리라 믿습니다."

벨카는 뒤돌아서 언덕을 내려왔다. 이제는 다시 오르내릴 일이 없을 언덕길이었다. 벨카는 눈물이 날 것 같은 것을 참으며 조용히 중얼거렸다.

"디어 마이 라이카. 당신은 나의 영원한 길잡이 별이에요."

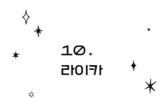

10.
라이카

우주선을 고치는 일이 거의 마무리되고 있었다. 라이카 곁에서 끝까지 그를 도운 것은 닉과 스트렐카였다. 처음에 두 로봇은 어딘가 닮은 서로가 언짢은 듯하더니 금세 둘도 없는 친구가 되었다. 라이카가 우주선을 고치는 동안 K박사는 아시모프로 향하는 항로를 조사했다. 이 우주선을 이용한다면 아시모프까지 1년이 걸릴 터였다. 여기까지 오는데 200년이 걸린 것에 비하면 도전해 봄 직한 거리였다.

기억의 방에서의 일 이후 라이카와 박사는 거의 대화를 나누지 않았다. 하지만 각자의 일을 하면서도 서로를 자주 살폈다. 대화는 꼭 필요한 순간에만 이루어졌다. 바로 지금처럼.

"진행 상황은 어떻습니까?"

"다 됐습니다. 모든 장치 정상. 연료도 충분합니다."

"당신이 올바른 선택을 해 줘서 기쁩니다. 이제 바로 출발하도록 하죠. 준비하세요."

"테이크 오프[9]를 위해선 날씨와 대기 상황을 고려해야 합니다."

기상 레이더를 확인한 라이카가 박사에게 말했다.

"오늘은 적합하지 않은 것 같습니다."

라이카의 말이 끝나기가 무섭게 천둥소리가 들렸다. 하늘에는 먹구름이 잔뜩 끼어 있었다.

"비가 내릴 겁니다."

톡, 토독, 톡. 비가 내리기 시작했다. 꽤나 거센 비였지만 중력이 약한 이곳에서는 거센 비도 천천히 떨어지며 낭만적인 풍경을 자아냈다. 대지에 떨어지는 빗소리가 마치 음악처럼 들렸다. 박사는 우주선 쪽으로 걸어갔다. 빗소리는 너무나 많은 기억을 불러오기 때문이었다.

"하루빨리 여길 떠나는 게 좋겠어요. 내일 비가 그치면 바로 떠나도록 합시다."

"네. 준비하겠습니다."

9 이륙.

박사가 우주선 계단에 발을 올려놓았을 때, 라이카가 물었다.

"그 아이는 아직도 빗속에서 누군가를 기다리나요?"

박사는 잠시 걸음을 멈췄다. 무슨 말을 하려는 듯 돌아서서 라이카를 바라보다가 이내 말없이 우주선 안으로 사라졌다.

그때 통통통 맑은 소리가 라이카의 귓가를 울렸다. 닉이 온몸으로 비를 맞으며 뛰어다니고 있었다. 닉은 심장이 텅 비어 있어 소리가 더 크게 울리는 것 같았다.

"『오즈의 마법사』에 나오는 양철 나무꾼이 어떻게 되더라?"

라이카가 묻자 빗속을 뛰어다니던 닉이 대답했다.

"그 이야기 속 양철 나무꾼인 니콜라스 초퍼의 엔딩은 이거야. 남들처럼 두근두근 뛰는 심장은 아니었지만 이미 그의 가슴 안에는 심장만큼이나 따스한 무언가가 있었지."

라이카는 박사의 비밀을 알고 있었다. 박사는 인지하지 못하는 비밀이었다. 박사가 이 여행을 하기로 한 이유는, 감정이란 의미가 없다는 걸 증명하기 위해서가 아니라 사랑받고 싶다는 스스로의 감정으로부터 도망치기 위해서였다는 사실이었다. 얻지 못하는 걸 잊고자 떠나왔지만 멀어진 거리만큼 그것에 대한 갈망이 강해져 있는 듯했다. 라이카는 이 이야기를 해야 할까 망설였지만 이내 마음을 접었다. 박사가 아시모프로 가게 된다면, 이 모든 사실을 스스로 깨닫게 되리라 믿기 때문이었다.

*

1년 후, 박사는 드디어 아시모프 행성에 발을 디뎠다. 그곳에
이미 정착해 있는 많은 이들이 환호했다. 박사는 태어나서 처음
받는 따뜻한 환대가 낯설어서 어떤 표정을 지어야 할지 고민했다.
모두가 그의 이야기를 듣고 싶어 했고, 지구를 떠나 야사B 행성을
거쳐 여기까지 온 그에게 진심으로 경의를 표했다. 그리고 오늘,
박사는 인터뷰를 하기 위해 아름다운 풍경이 내려다보이는 테라
스에 앉아 있었다.

"저는 오랫동안 여행을 했습니다. 떠돌이별처럼요. 이렇게 여
러분들과 이야기를 하고 있으니, 드디어 여행이 끝났다는 기분이
듭니다. 어디서부터 시작해야 할까요? 긴 이야기거든요. 이 이야
기는 시간과 기억에 관한 이야기입니다. 그리고 내가 아는 한 사
람의 역사이기도 하죠."

"한 사람이요?"

"저는 정확하고 명확한 답만 의미가 있다고 생각하는 사람이었
습니다. 논문과 성과로 평가받는 것만이 삶의 유일한 의미라 믿었
죠. 하지만 그렇지 않다는 걸 알려 준 사람이 있었습니다."

"라이카를 말하는 건가요?"

박사는 조용히 고개를 끄덕였다.

*

"전 이 행성에 남을 겁니다."

박사는 라이카를 끝까지 설득하려 했다. 하지만 그는 끝내 자신
의 의견을 굽히지 않았다. 우주선에 오르는 마지막 순간까지 화도
내고 애원도 해 봤지만 아무런 소용이 없었다.

"여기에 있어 봤자 당신을 기다리는 건 죽음뿐입니다."

박사가 아무리 이야기해도 그는 자신의 결정을 바꾸지 않았다.

"아시모프 행성에는 날 기다리는 사람이 없어요. 하지만 여기
엔 내 아들이 있습니다."

그 아이의 시간은 끝이 났다고, 200년이란 그런 시간이라고 이
야기해도 라이카는 같은 말을 반복했다.

"전 돌아온 거예요. 드디어, 집으로⋯⋯."

버려진 행성. 라이카는 그곳이 자신의 집이라고 했다.

박사는 홀로 남을 라이카를 위해 닉을 남겨 두기로 했다. 라이

카는 떠나는 박사를 향해 마지막 인사를 했다. 그의 곁엔 닉과, 아주 오래 전 그의 아들이 남겨 놓은 스트렐카가 있었다. 라이카는 행복해 보였다. 무엇이 그로 하여금 이런 결정을 하게 만든 걸까? 어떻게 이 순간 웃을 수 있는 걸까? 박사는 우주선을 배웅하는 라이카가 보이지 않을 때까지 그를 응시했다. 라이카는 떠나는 우주선을 향해 오래오래 손을 흔들었다.

*

"전 그런 선택을 한 라이카를 도무지 이해할 수 없습니다. 아니, 사실 조금 알 것도 같아요. 나는… 어쩌면… 내 실험은……."

박사는 인터뷰 도중 고개를 떨궜다. 시야가 뿌옇게 흐려졌기 때문이었다. 당황한 박사는 눈가를 손으로 훔쳤다. 무언가 따뜻한 것이 느껴졌다.

박사는 라이카가 자주 했던 원소 이야기를 떠올렸다. 왠지 그 말의 의미를 알게 된 것 같은 기분이었다.

"인간의 몸은 탄소와 수소, 산소, 질소와 황을 포함한 육십 가지 원소로 구성되어 있습니다."

박사는 그 목소리에 화답하듯 말했다.

"인간의 영혼은 기억과 꿈, 추억과 사랑, 슬픔과 아픔 같은, 감정의 원소들로 구성되어 있습니다. 각 원소의 역할이 서로 다르기 때문에 어느 하나라도 부족하면 인간은 살아가기 어렵습니다."

그러고서 박사는 한동안 침묵했다. 이곳에 오기까지 자신이 겪은 일들의 의미를, 드디어 알 것 같았기 때문이다.

"저는 과학자입니다. 하지만 인간에게는 과학만으로는 증명할 수 없는 초월적인 힘이 있는지도 모르겠습니다. 시간과 공간을 넘어 공유되는 것, 어쩌면 그러한 것들이 인간을 살아가게 하는 것인지도 모르겠습니다. 이것이 내가 실험을 통해 얻은 결론입니다."

인터뷰는 그렇게 마무리되었다. 마지막으로 하고 싶은 말이 있냐는 질문에 잠시 고민하던 박사는 이런 말을 남겼다.

"이렇게 아시모프 행성을 밟게 되어 기쁩니다. 과거의 인류인 동시에 미래의 인류가 된 저는, 이제 그만 긴 여행의 마침표를 찍고 싶습니다. 떠돌이별은 너무 긴 여행을 했거든요."

*

그날 밤 박사는 꿈을 꿨다. 아주 오랜만에 꾸는 꿈이었다.

꿈속에서 박사는 라이카가 매일 흥얼거리던 노랫소리를 따라 '기억의 방' 앞에 도착했다. 방 문을 열자 그 안에서 플라네타륨이 환한 빛을 뿜고 있었다. 그리고 빛 속에 서 있는 두 사람의 실루엣이 보였다. 라이카와 벨카였다. 시간과 공간을 넘어 두 사람은 결국 서로를 찾아낸 것 같았다. 두 사람은 웃고 있었다. 아주 행복하게 웃고 있었다.

3장

기록

아시모프 연방국 소속 항공우주국의 기록 보관소에는 라이카와
벨카에 대해 이런 기록물이 남아 있다.

야사B 행성 탐사 후 지구로 돌아온 벨카는 아시모프로 향하는
미션에 참여했다. 귀환 후에는 항공우주국 소속 연구원으로 평생
을 살았다. 많은 이들이 그에게 더 좋은 일자리를 권했지만 그는
더 이상 하늘을 올려다보지 않는 삶을 살겠다고 했다. 하지만 그
는 평생 우주를 꿈꿨고 그리워했으며 또 두려워했다. 지구에 있으
면서 우주에 모든 것을 두고 온 사람처럼.

그는 아버지를 향한 그리움을 음성으로 남겼다. 그중 의미 있는
몇 가지를 발췌해 기록을 남긴다. 이 파일은 휴마누스 3호 프로젝

트의 일원이었던 K박사에 의해 항공우주국의 기록 보관소로 전해졌다. 아시모프 행성에 머물고 있던 박사는 벨카가 지구에서 남긴 이 음성들을 야사B 행성으로 보내기 위해 많은 노력을 했다. 하지만 이것을 우주 비행사 라이카가 들었는지는 확인되지 않는다.

삐– 31년간의 메시지가 저장되어 있습니다.

아빠, 저 사랑하는 사람이 생겼어요.
음… 결혼을 할 것 같아요.
아빠가 함께였다면 얼마나 좋았을까요.

아빠, 나도 아빠가 됐어… 아들인데… 날 닮았어요.
그러니까… 아빠는 할아버지가 된 거예요…….

내일이면 아시모프로 첫 탐사를 떠나요.
환경이 적합하다면 아마 그곳은 새로운 지구가 될 거예요.
우주선에 타야 하는데 아내와 아이가 계속 눈에 밟혀요.
당신도… 이런 기분이었겠죠…….

한동안 연락 못 드려서 죄송해요.

일주일 전에 엄마가… 엄마가… 돌아가셨어요.

엄마는 끝까지 아빠를 많이 보고 싶어 했어요… 아주 많이…….

오늘은 우주선을 배웅했어요.

아시모프로 가는 마지막 우주선이었어요.

나는 지구에 남아 끝없이 펼쳐진 바다를 바라보고 있습니다.

수몰된 도시가 잠들어 있는 바다를요.

멀리서 파도 소리가 들려요. 꼭 당신의 노랫소리 같아요.

파도 소리가 다가오고 있어요. 점점 가까이… 가까워져 와요.

음성은 이렇게 끝이 났다. 파일의 마지막에는 거센 파도 소리가
함께 녹음되어 있었다. 파도 소리는 점차 커지더니 이내 벨카의
목소리를 삼켰고, 마침내 모든 것이 고요해졌다.

작가의 말

　얼마 전 제임스 웹 우주 망원경이 지구로 보내 온, 별들이 가득한 사진을 보며 생각했습니다. 저 사진 속 무수한 별들은 다 다른 시간대의 것이겠구나. 그 사진 한 장에는 과거와 현재가 뒤엉킨 시간의 궤적이 담겨 있겠구나.

　그러고 보면 우리 모두는 과거에 둘러싸여 살고 있습니다. 빛과 소리가 우리에게 닿기까지 걸리는 시간이, 지금 우리가 보고 듣는 모든 것들을 과거로 만들기 때문입니다. 지금 제가 보고 있는 당신의 모습은 1억 분의 1초 전 당신의 모습이며, 지금 제가 듣고 있는 당신의 목소리는 0.003초 전 당신의 목소리니까요. 우리가 사랑을 고백하는 그 순간에도 사랑의 말은 미세하게 지연되어 전해지고 있는 셈입니다.

우주의 긴 시간에서 보면, 라이카와 벨카 사이에 존재하는 시간도 어쩌면 찰나의 순간이지 않을까 생각했습니다. 둘은 찰나의 순간이 엇갈렸을 뿐이고, 그 둘의 인생이 별빛이라면 제임스 웹 우주 망원경이 보낸 사진처럼 어쩌면 한 장의 사진에 함께 담길 수 있지 않을까 싶었습니다. 다른 시간대에 존재하는 별들이 한눈에 들어오는 밤하늘처럼요.

이 이야기는 서로를 그리워하지만 더 이상 만날 수 없게 된 사람들이 다시 만나는 모습을 생각하며 쓰기 시작했습니다. 환한 플라네타륨이 켜진 '기억의 방'에서, 시간과 공간을 넘어 라이카와 벨카를 다시 만나게 해 주고 싶었습니다. 가장 차가운 재료들로 가장 따뜻한 이야기를 하고 싶었습니다. 인간이 인간일 수 있는 이유에 대해서, 인간이기 때문에 잃어버릴 수 없는 것들에 대해서 이야기하고 싶었습니다.

이 이야기를 책으로 엮는 동안 많은 분들의 도움을 받았습니다. 든든한 조력자가 되어 준 출판사 편집자분들께 감사의 인사를 전하고 싶습니다. 한 권의 책을 만드는 데 귀한 손길이 많이 필요하다는 것을 이번에 알게 되었어요. 첫 책이라는 큰 선물을 주셔서 감시합니다.

이 이야기 속을 살아가던 어느 날, 거짓말 같은 꿈이 저를 찾아 왔습니다. 『디어 마이 라이카』의 세계에 너무 오래 살아서 그랬던 것 같습니다. 그 꿈에서 저는 두 로봇을 보았어요. 화성의 모래처럼 붉지는 않지만 모래사막을 가로지르는 로봇들을 보며 제 마음 대로 '오퍼튜니티'와 '스피릿'이라고 생각해 버렸습니다. 그날의 꿈을 여기에 남겨 둡니다.

이건 꿈 이야기입니다.
오퍼튜니티와 스피릿이 나오는 꿈이요.

영원만큼의 긴 시간이 지난 어느 날
화성의 모래 무덤에 파묻힌 쌍둥이 로봇이
부드러운 흙을 털어 내고 태양 반사판을 다시 펼칩니다.

홀로 있기엔 너무 외로웠던 두 로봇은
화성의 반대편에 남겨진 서로를 향해
길고 긴 시간을 달립니다.

그리고 어느덧 다시 만나는 거예요.

그리고 나도,

잃어버린 당신을 찾아내는 거예요.

오퍼튜니티와 스피릿이 만난 기적처럼.

2023년 겨울

김연미

디어 마이 라이카

© 김연미, 2023

초판 1쇄 | 2023년 12월 1일
초판 2쇄 | 2023년 12월 15일

지 은 이 | 김연미
펴 낸 이 | 서장혁
책임편집 | 원예지
편   집 | 성유경, 원수연
마 케 팅 | 원예지, 최은성
디 자 인 | 이새봄

펴 낸 곳 | 토마토출판사
주   소 | 서울시 마포구 양화로161 케이스퀘어 727호
T E L | 1544-5383
홈페이지 | www.tomato4u.com
E-mail | story@tomato4u.com
등   록 | 2012. 1. 11.
I S B N | 979-11-92603-49-0 (03810)

• 토마토출판사는 항상 독자 여러분의 아이디어가 반짝이는 소설 작품 투고를 받고 있습니다.
  - 소설 투고 : story@tomato4u.com